U0070252

靈通小農女 3 完

文創風 829

藍一舟 著

目錄

第五十七章

「東家，都準備好了。」

宮翎的個子很高，目測大概有一百八十幾，常年習武把他的身材訓練得非常棒，完全是穿衣顯瘦、脫衣有肉。那雙長腿更是筆直，走起來自帶一股威懾。

柳好好就這麼看著他的背影，直到消失了才收回視線。

宮翎洗好澡，換了身乾淨的衣服，整個人的氣質瞬間變了。

「這衣服很合身。」他突然說，眼神之中別有深意。

柳好好尷尬地咳了幾聲。「當初你生病的時候，知道你沒有錢買衣服，就讓人準備了兩套，忘記拿給你了。到時候都算錢的啊，直接從工錢裡扣！」

宮翎點點頭。「我的工錢都給妳。」

柳好好眼睛瞪得溜圓，氣急敗壞地想要罵兩句，又覺得自己太矯情，畢竟說扣工錢的是她，只得默默地嚥下自己的話，指揮著午餐。

「吃過就回去！」柳好好絲毫不客氣地瞪了一眼。

「妳明天想吃什麼？」宮翎對於她的視線不在意，反而問道：「山上應該會有不少東西，板栗、蘑菇，還是野雞、兔子？」

「吃飯，閉嘴！」

「那我看看有沒有鹿，給妳抓一頭回來。」

宮翎說著，還給她挾了好幾塊魚，自然嫻熟。

柳好好一開始還沒有注意到，但是見到柳文遠一臉便秘的模樣，低頭一看，就見自己的碗裡已經堆得高高的，又見宮翎再次準備把魚塊送到自己碗裡，頓時話就說不下去了。

這傢伙，把魚身上最好的地方都挾過來了。

「我……自己吃。」說著，她把碗往身前拽了拽，悶頭吃起來。

宮翎眼中閃過一絲失落，不過看到她仔細把魚肉吃得一乾二淨，還是高興起來。

柳文遠覺得自己坐在飯桌上吃飯，遲早要被堵死。

他仔細看了眼，結果發現一盆魚裡竟然沒有一塊魚身的肉；再一看，好呢，都在姐姐的碗裡。這感覺真讓人生氣，要是真的喜歡他姐姐，難道不應該討好小舅子嗎?!

飯後，雨還在下，而且越來越大，柳好好也沒有地方去，便把小狼拎起來抱在懷裡。

宮翎找了一張椅子，乾脆在她身邊坐下來，就這麼盯著她看。

她只覺一股灼熱的視線落在身上，扭頭就見宮翎那雙深邃漆黑的眸子定定地看著自己，莫名覺得臉有些燒。

「你……你看我幹什麼？」

「漂亮。」

一不小心，又羞紅了臉。

兩個人再次陷入安靜之中，宮翎就陪在她的身邊，跟柳好好一起看著大門外面。大黑不知道什麼時候跑過來，蜷縮在他腳邊，一雙黑豆似的眼睛也看著外面。

歲月靜好大概便是如此吧？

今天，宮翎來的時候也帶了一隻鹿。

「你還真的獵到一頭鹿？」柳好好站起來，看著地上的鹿，眨眨眼睛。「聽說鹿肉是非常補的啊，我吃沒有關係嗎？」

「沒關係。」

然後在柳好好期待的目光之中，宮翎十分自覺地把鹿處理了。廚房裡，幾個人忙得熱火朝天，三參燉鹿肉、烤鹿肉、鹿肉丸子、乾煸鹿肉、炒鹿心、鹿血旺……可以說二丫他們已經把廚藝發揮到了極致，鹿身上的好東西全部做出來了，滿滿當當的一桌子，那香味把人的魂兒都勾走了。

「怎麼樣？」

「味道不錯。」

沒有膻味，雖然有些柴但不至於咬不動，很有嚼勁，再加上鹿肉特有的香味，的確是不錯，而且越吃越香。

「喜歡就好。」宮翎想著準備再去抓一隻。

「偶爾吃吃還是可以的。」柳好好抬頭看著宮翎，莫名覺得這個傢伙是在打那鹿的主意，趕緊說了一句。「如果天天吃，估計就算是龍肉也沒什麼特別的了。」

「嗯，下次換其他的。」

一頓鹿肉吃得算是賓主盡歡，可晚上，柳好好覺得有些不舒服，渾身發熱、輾轉反側，便從床上爬起來，穿著裡衣，長髮像瀑布一樣披在腦後，赤著腳出去。

十六歲的她發育得已經不錯了，身材纖細，雖然不是凹凸有致，卻也出落得亭亭玉立。加上五官嬌俏漂亮，微笑的時候帶著靈氣，氣質讓人目不轉睛……

躲在房梁上的男人就這麼看著她，眼裡像是燃燒著火焰似的。

只是他看了一眼之後就離開了。

他在雨中奔跑，直奔上山，最後坐在一塊石頭上，任由冰冷的雨水澆滅自己身上的火熱。

他定定看著前面。因為身體燥熱睡不著，便鬼使神差地跑到柳好好的房間，想要看看這個女人，誰知道竟然看到這樣香豔的一幕……

眼前似乎還是她那白皙的肌膚，隱隱約約能夠看見她單薄的裡衣中是紅色的……

柳好好完全不知道自己做了什麼，喝著茶，一隻手抓著衣服不停搧著，看來真的很熱。

「果然啊，這肉不能吃，說是溫補的，哪知道效果竟然這麼好……欸，真是。」

又喝了一杯水，她感覺舒服很多了，才回到床上。

突然間想到，自己都有些熱，那個傢伙呢？宮翎已經是個成年人了，那豈不是……嘿嘿，柳好好覺得明天一定可以看到某個人的笑話，頓時心情好了起來。

終於，伴著外面的雨聲，她漸漸地睡著了。

隔天，宮翎過來了，身上穿著的是柳好好給的蓑衣，可雖然如此，身上還是淋濕了不少。

柳好好坐在那裡偷偷摸摸看著他，似乎想要看這傢伙和平時有什麼不一樣的地方。許是她的目光太明顯了，宮翎扭頭看過來，挑了一下眉頭。「看什麼？」

「喔……隨便看看。」她趕緊轉移話題。「這雨什麼時候停啊？」

下了這麼長時間，真的有些煩躁了。

「不好了，不好了！」

這麼大的雨，誰會來啊？「誰啊？」

「好好、好好！」外面是柳大力的聲音。柳好好和柳文遠趕緊走過去，看著他渾身濕透而且一臉慌張的模樣，疑惑了。

「叔，怎麼了？」

「咱們村前面的那條河今天漲上來，把橋給沖垮了，咱們村有幾個人從鎮上回來，現在被困住了呢！」

柳好好立刻站起來。「大宮，你從苗圃那邊把辛一楠他們帶過來，把咱們這邊最結實的繩子也帶上，快點！」說著，她抓著斗笠，披上蓑衣就衝到雨裡。「文遠，你和二丫他們在家，哪裡也不許去！」

電閃雷鳴，氣候反常，這幾年都沒有見到過，一下子讓柳家村損失慘重。

柳好好擔心自己的苗圃，一直忙到下半夜，只覺得頭昏腦脹的，還是宮翎找過去硬把她帶回來。她趴在宮翎的後背上，就這麼昏昏沈沈地睡著了。

到了家，焦急等待的柳文遠見狀，心疼不已。

「姐姐？」

宮翎把人給放下來的時候，發現柳好好的臉色泛著不正常的紅，一摸，嚇了一跳。「發熱了。」

「怎麼辦啊，去，去把胡大夫找來！」

春娘拿著蓑衣就要往雨裡奔，宮翎立刻站起來。「妳在家照顧她，我去。」說著，就這麼鑽到了雨幕之中。

柳好好燒得昏昏沈沈的，只覺得渾身疼，很難受，耳邊好像有很多人在絮絮叨叨地說著什麼。

她想要聽清楚，卻沒有辦法。

「給東家降降溫……對，用濕布。」

春娘和二丫在床邊忙來忙去的，柳文遠不方便貼身照顧，只能站在一旁不停地問：「怎麼樣了，怎麼樣了？桃紅，去看看胡大夫有沒有來？」

「來了，來了。」

桃紅趕緊把胡大夫請到房間來。胡大夫的家也進了水，正忙著呢，就見到宮翎衝了進來，二話不說地把藥箱掛在脖子上，拿起蓑衣給他一披，揹著他就過來了。

「哎喲，你這個小子就是個強盜啊，我這老骨頭都要散架了。」他一邊抱怨一邊拍著身體，桃紅趕快拿著乾布過來幫忙。

「胡大夫，您老別生氣，咱們東家這不是發熱了嗎？沒辦法只好請您過來了。」

「啊，發熱了？」胡大夫也不抱怨了，走過去搭脈。

宮翎的眉頭皺得緊緊的，看著柳好好那潮紅的臉，大概是因為不舒服，眉頭揪起，心情就十分暴躁。

「她受了風寒，淋了雨，我開副藥，只要出汗退熱就好了。對了，好好這身子骨弱，小時候留下了病根，這麼大的雨可別再讓她出去了。」說完，刷地寫了一張藥方。「這藥明天去抓吧，現在時間不早了。」

「文遠，你讓人給胡大夫準備一間房，晚上就在這邊休息。」宮翎突然出聲。「我去抓藥。」

「欸、欸，你這個小子這麼急幹什麼！」胡大夫叫起來。「你這樣出去，到時候淋濕了也就看不清楚了，我這裡有點藥先應付著。」說著，從藥箱裡抓出幾味藥來。「熬一碗讓她喝下去，先出汗。」

二丫趕緊拿著藥就往廚房跑，宮翎抿唇站在那裡，盯著床上的人。

一碗藥喝下去之後，大家又給柳好好蓋了兩床被子幫助發汗。

第五十八章

渾渾噩噩間，柳好好只覺得好熱，身上好重，渾身都疼得要死，就像是被什麼東西碾壓過似的。她迷迷糊糊地想要掀開被子，結果發現身上竟然蓋著兩床被。

一抬頭，發現外面已經亮了。

「天亮了？」

這麼昏昏沈沈地睡了一覺，起來的時候，終於感覺輕鬆了很多。

「東家。」

她捏了捏太陽穴。「不早了吧，人呢？」

「大家都上山看看去了，昨天那雨太大，少爺不放心。」

「那有沒有損失？」

「有點，但是不多。」春娘端著熬好的粥過來。「東家也別擔心了，就算您現在上山也沒用啊，小少爺帶人過去了，沒事的。」

柳好好也覺得的確是這樣，點點頭便端著碗喝起來。

這時，門口傳來響動，抬頭便見到宮翎帶著大包小包回來了。

「你這是……」

「去了一趟鎮上，買了點東西。」說著，他把身上的東西都拿下來。「妳需要補一補。」

聞言，她有些不好意思地說道：「你這是連夜過去的？」

「嗯，很近。」

宮翎一如既往地少言少語，可不知道為什麼，每一個字都讓人感覺到了關心，這讓柳好好有些不自在，內心卻是多了幾分感動。

宮翎也不說話，見她把一碗都吃下去了，從懷裡掏出一個小紙包打開，竟然是蜜餞。

「鎮上沒有好的，只能找到這個。」

瞧柳好好呆呆看著自己，宮翎的唇角微微上揚，塞了一顆蜜餞到她的嘴巴裡。「嘗嘗。」

這個蜜餞做得並不好吃，偏偏讓柳好好覺得這是最好吃的東西，不由自主地盯著宮翎的眼睛看呆了。

宮翎低頭看著她，那雙明亮的眼睛裡都是自己的倒影，心一動，湊上去輕輕在她的嘴角上親了一下。

柳好好睜大眼睛。剛才那一閃而過的觸覺實在是太明顯了，想要忽視都不行。真是不知道該怎麼說才好了，別以為板著臉就當做什麼都沒有發生過，占她便宜，現在還一臉無辜，真是氣死了！

「出去！」
「好好？」
「出去！」
要命，她覺得若是再這麼下去，自己不一定真能夠把持住啊……
宮翎站起來，深深看了她一眼，眸光中帶著委屈，看得她雞皮疙瘩都起來了。
他把蜜餞放在床頭櫃上，轉身走了。
「太過分了……不要臉！」
她低聲道，只覺得臉上有些燒，下意識地伸出手摸摸自己的臉。好燙！
咚咚，咚咚……什麼聲音？怎麼覺得胸口有些難受？心跳得這麼快，怎麼回事？
她猛地把自己蒙到被窩裡，叫起來。「哎喲，怎麼會這樣，糟糕了……」
幾天後，她終於痊癒了，自然也不需要繼續在家裡待著，之前曾和戴榮約好要見面，便帶著弟弟去了鳳城縣。
「姐，妳不能喝酒就別喝了，看妳這樣子。」坐在回去的馬車上，柳文遠看著靠在車廂閉眼休息的姐姐，心疼地說道。
「沒關係，只是一點酒而已。」
兩個人絮絮叨叨地說了一會兒，當車子回到家門前的時候，就聽到趕車的明德小聲道：

「欸，這不是大宮嗎？」

柳好好原本有些飄忽的思緒瞬間回神，酒也醒了一半。她掀開車簾，果然就見宮翎站在大門口，朦朧中，高大的身影就像是一杆槍，杵在那裡一動不動。

似有所感，在她掀開車簾的瞬間，宮翎也抬起頭來。

四目相對，一剎那周圍的一切好像都不存在，唯有他們二人。

咚！咚咚！咚咚咚！

似乎有什麼聲音清晰地傳過來。

柳好好下意識摸了摸胸口，突然覺得那顆心臟好像要跳出來似的。她躲回馬車裡，怎麼也不願意下去。

「姐？」柳文遠被她的動作嚇了一跳。「怎麼了，外面是大宮嗎？」

「是、是的。」

「那妳為什麼不下車啊，嚇到了？」

「不、不是……」柳好好覺得自己的臉很燒。

馬車內太暗了，柳文遠只是感覺姐姐有點不正常，卻看不見她已經燒紅的臉。他皺皺眉，自己掀開車簾跳下去。

「你怎麼來了？」

「太晚了。」宮翎言簡意賅地道：「不安全。」

不知道為什麼，那幾個字就像是施了魔咒似的，一下子就鑽到了柳好好的耳中，讓她的心跳動得更加劇烈，怎麼都按壓不住。

一定是今天喝的酒太多了！

終於建設好心理，柳好好這才從馬車內走下去。

宮翎見狀，迅速走過去，輕輕地扶她下來。

「妳喝酒了？」

「啊……是啊，是啊，一點點而已。」柳好好尷尬地笑了笑，不著痕跡地把自己的手從對方的手中掙脫出來。

宮翎不知道從什麼地方拿出一件披風，仔細給她披上，小心翼翼繫好繩子，見沒有什麼問題了才叮囑道：「天冷了，注意身體。酒少喝點。」

他沒有說，她是女兒家，在外喝酒不安全。以柳好好的倔強，這句話說出來肯定要炸，所以別看宮翎沈悶，想法卻是十分細膩，摸清了柳好好的性子。

「好。」

雖然覺得自己喝得並不多，但是宮翎這麼晚過來只是因為關心自己，若是再說其他的，自己也是不知好歹了。

「不早了，你……」柳好好看了他一眼。「進來吧。」

宮翎的五官在黑暗中變得更柔和，嘴角勾起一抹笑，十分自然地往院子裡走去。

柳文遠覺得這一路自己真的是被忽略得太徹底，氣呼呼地跟上去。

不多時，春娘又見宮翎端著一碗熱騰騰的醒酒湯過來，心中了然，讓開一條道來。

「喝點，不然明天頭疼。」關心的話從宮翎這張沒有表情的臉上說出來，竟然沒那麼彆扭，卻有種理所當然。

柳好好沒有拒絕，伸出手就要端過來喝。

「燙，我餵妳。」

「啊，你說什麼？」

大概是沒想到他會這麼說，她睜大眼睛看著對方。因為有些醉意，那雙眼睛帶著迷茫，眼尾卻有些微微上揚，多了幾分風情和妖嬈，本人卻不自知。

明明是一雙很勾人的眼睛，可偏偏帶著一股純真，這樣的她才不自覺讓人沈迷。

饒是宮翎極自制，但是面對喜歡的人露出這樣的表情，也有些蠢蠢欲動，真想俯身親吻那雙眼睛，然後好好品嘗一下這個女人的味道。

「嗯，我餵妳。」

「還是別了，我自己來。」

柳好好並不覺得男女之間需要怎麼樣怎麼樣的，但最基本的保持距離還是要有的，何況自己最近對這個男人的抵抗力並不高。

宮翎倒是沒有拒絕，把醒酒湯遞過去。

柳好好吹了吹，一口喝下去了。說實話醒酒湯真的不好喝，喝完總覺得嘴巴裡有股怪味道。

然後，她嘴裡被塞了一塊糖。

嘴巴裡的怪味被糖給掩蓋了，她眨眨眼看著男人，覺得剛剛喝下去的熱氣又要冒出來了。

她眼神躲閃，總覺得房間的氣氛不大對勁。

「姐。」這時候，柳文遠的聲音傳了過來。

他推門而入，第一眼看到的就是站在那裡的宮翎，臉上立刻浮現不悅。「男女有別，這麼晚了你還要待在這裡？」

宮翎看了他一眼之後，心中有些遺憾。剛才真應該親一下的，只是臉上卻沒有出現一點點的情緒波動，看上去特別正氣，特別嚴肅。

沒有人想到在這張臉的下面，竟然隱藏著這樣一份小心思。

「妳好好休息。」

說完，他轉身走了，看得柳文遠是咬牙切齒卻又沒有辦法。

雖然不知道這個宮翎到底是怎麼樣，但是身手絕對不低，而他只是一個十三歲的文弱書生，打不過，只能使眼刀子。

「怎麼還不睡？」

柳好好心裡有些慶幸，但是慶幸之後卻又覺得有些失落。

呸，什麼失落，真是的！

第五十九章

「有什麼事嗎？」

「沒有，就是來看看妳，畢竟這裡有個不懷好意的傢伙，哼！」柳文遠覺得幸虧自己來得巧啊，不然姐姐肯定又要吃虧。

柳好好尷尬極了，被人點破的滋味真的有些微妙。

「沒事的，大宮不是一個沒有分寸的人，別擔心。」

柳文遠斜著眼睛看著臉蛋緋紅的姐姐，嫌棄地道：「所以，現在已經開始幫那個傢伙說話了嗎？」

這樣涼涼的一句嚇得柳好好差點從床上摔下來。

「瞎說什麼，我就是想讓你別想得太多，畢竟你是一個要考試的人，別三心二意了。」

柳文遠見她這樣，翻了一個白眼。「妳知道就好。」

隔天一覺睡醒，神清氣爽，看來宮翎的醒酒湯效果還是不錯的，完全沒有酒醒後的頭疼。

柳好好伸個懶腰，扭頭看著外面，發現太陽已經出來了，洗漱之後便上山了。

「早啊。」

「早安啊。」

「早啊，好好。」

「今天我想喝飽水。」

「我也想要！」

「我想到有陽光的地方去。」

「嗯，我也想去。」

柳好好一出門，就聽到外面嘰嘰喳喳的聲音，有渾厚的有尖細的有溫柔的還有乖巧的……簡直就像是進了幼稚園似的，吵得頭痛。

「好，我來，我來！」她擼起袖子，該搬的搬、該澆水的澆水，忙得不亦樂乎。

在外面鍛鍊了一圈的宮翎看她這麼忙，停下腳步。「妳在幹什麼？」

「陽光、水、肥料是植物生長的必備要素啊，不過各種花草需要的不一樣。比如這株要多曬一曬，而這傢伙喜歡陰涼、多澆點水，不能曬得太狠。這傢伙呢，喜歡乾燥的環境，所以我放在高一點的地方。」

宮翎靜靜地聽著她說，目光要多溫柔就多溫柔。

她勾唇淺笑，這樣的表情竟然是對著這些花花草草的，宮翎不得不承認，自己其實有些嫉妒，嫉妒這些花草得到她如此溫柔對待。

「哈哈，有人在看好好呢！」

「是嗎？哎喲，是欸！你們說這傢伙為什麼這麼看著好好啊？」

「我聽小麻雀說了，這叫求歡。」

求歡什麼的，到底是跟誰學的?!我有沒有人求歡……啊呸，是求愛關你們什麼事！

「閉嘴！」

「呀，好好害羞了。」

「真的欸，好好臉紅了。」

「再廢話，我就不管你們了！」柳好好齜著牙威脅。「我會把你送到太陽下面，讓你嘗嘗燒烤的味道！你，我會放到屋簷下，讓你知道什麼叫做『西北風』。還有你，不給你喝水，讓你感覺饑餓的滋味！」

宮翎看著柳好好的手指摸著面前的一株海棠花，皺皺眉，總覺得她停留的時間有點久，而且臉上的神色實在是太古怪了。

「怎麼了？」

「啊，沒事，沒事！」

柳好好一聽到這磁性的聲音，瞬間跳開了，尷尬地擺擺手，然後偷偷摸摸地瞪了一眼那些花草，乾笑了起來。

「你起得也早啊，這麼早幹什麼了？」

「鍛鍊。」

「練功嗎？」沒想到這個傢伙記憶沒了，但習慣還在啊。

「嗯，自然而然就這樣了。」他淡淡道：「腦子裡會有些片段。」

聽他這麼說，柳好好眨眨眼，看來這個傢伙很快就會恢復記憶了啊……

不知道為什麼自己總覺得有些失落，也許等到這個傢伙想起來之後就會走了吧！

「怎麼了？」

她搖搖頭。「沒什麼，想起來是好事。」

宮翎覺得柳好好的情緒不太對，但也不知道怎麼回事，不過看著她開始修剪花草，只覺得難以捉摸她的心情。

「要不要我幫忙？」

「不需要。」

安撫了一群花花草草，看著他們滿意了，柳好好累得癱在椅上，雙眼望著藍天白雲放鬆心情。

「喝點水。」

宮翎似乎喜歡上這種隨時隨地給她端茶送水的活，弄得春娘都沒有插手的機會，只能去做午飯了。

「謝謝。」

「不客氣。」宮翎坐在她身邊。「剛才……我還以為妳能夠和這些花花草草說話呢，總覺得妳看它們的目光不像是……看花草，而像是看朋友。」

聞言，柳好好的手抖了一下，然後乾笑道：「怎麼可能，那些是花草植物呢，我怎麼可能聽得懂？」

宮翎似乎不以為意。「自古能人異士很多，朝堂之上便有人可以通靈，說雙目能見鬼神，現在被奉為欽天監……」

「這麼神奇啊！」柳好好愣了一下，笑道：「欸，我要有這麼大的本事，也不需要在這裡賣花草了。」

「花草怎麼了？靠我們讓妳賣得不少錢！哼！」

顯然有小花不開心了。

柳好好尷尬地笑了笑，沒有繼續這個話題，只道：「我就是一個從山裡走出來的，天生可能對這些有好感。植物也好動物也好，只要你付出了心思感情，總歸是有收穫的。」

「感情？」

「對啊，要真心的。」柳好好歪著頭認真地看著宮翎。「不管對誰，一定要真心。」

宮翎對上她那雙眼睛，突然覺得她話中有話，好像這個真心是對他說的一樣。可再仔細看，柳好好已經把臉給扭到另外一邊，只是目光卻沒有落在哪裡，似乎在看什麼，又似乎什麼也沒有看。

他從來就沒有見過她這樣，有種明明坐在跟前，兩個人卻離得很遠的感覺，他下意識地一把抓住她的手。

「你……」柳好好被驚了一下，扭頭看著他。

兩個人這樣深情地凝望著，似乎周圍一切都不存在了，平靜的心湖被人投下一顆石子，泛起點點漣漪，那一圈一圈的波紋蕩開，心緒怎麼也無法平靜。

可她知道，宮翎遲早要走的。

一下子就到了十一月，柳家村的位置在大慶國的中央，這時候天氣已經冷了下來。

「這麼冷？」

看著柳好好這樣怕冷，宮翎有些詫異。好像還沒有下雪呢，怎麼這丫頭就冷成這樣呢？他走過去在她的額頭上一摸，果然很涼，臉色登時有些不好看了。

「這麼涼，怎麼不多穿點？」

「沒用的，穿再多都是冷。」柳好好不在意地道，大概是當年掉入水裡，所以骨子裡就是冷的，她也無可奈何。

宮翎見狀便走到廚房，拿出個鐵壺，把裡面灌滿了熱水，外面用一層布給包著。「這樣捂一捂會好點。」

柳好好愣了下，感覺到手心中的溫暖，笑了起來。「謝了。」

感覺到來自對方的真心實意，宮翎微微勾唇，那張冷硬的臉上浮現點點的笑意，仔細一看還有淺淺的小酒窩。

這簡直就是犯規，難怪硬漢都不笑呢，笑起來竟然是這麼讓人無法自拔，這麼萌！

柳好好詫異地看了一眼之後，默默把視線縮回來。「我沒事了，你去忙吧。」

冬天到了，田裡的活也少了，苗圃的生意也淡了，不過這些都是正常的，現在最賺錢的是她大棚裡的。

「我不忙，最近的活不多，我陪陪妳。」

柳好好無語地看著坐在身邊的男人，無計可施，只得默許了他。

兩個人就這麼坐在廳堂中，看著外面陰沈沈的天氣。

雖然誰也不說話，卻給人一種十分溫馨的感受。這種打從內心深處感受到的平靜和閒適讓宮翎沈溺其中，無法自拔。他知道，這種感覺只有在這個丫頭身邊才有。

他喜歡，不僅僅喜歡這個人，也喜歡這種感覺。

田園人家，悠然而生，也許這種平靜的生活，有個人可以陪在身邊，安靜地、慢悠悠地走完這一生，多好。

「你有什麼打算？」

突然間，柳好好看過來，那雙亮得像是天上星星一樣的眸子裡蘊藏著讓人看不清的情緒，她顯得有些縹緲，離得有些遠。

宮翎的心猛地一緊，下意識就要說自己哪裡也不去。

「等等。」柳好好制止了他，笑了笑。「算了，我覺得自己真的是多慮了。」

總覺得時間快要到了，那些離開的暗衛們肯定要回來的……這段時間，她總會想到這個。她看了看身邊的宮翎，問道：「你會把我忘了嗎？」

「不會。」

「是嗎？可是你忘記了以前，說不定我也不過是你記憶的過客，說忘就忘了。」

「不會，永遠不會！」宮翎保證。「我哪裡也不去，我就陪在妳身邊。」

柳好好沒有說話，抱著熱水壺，整個人只覺暖洋洋的。

「東家。」這時，明德過來了。「剛才我聽說柳得銀好像生病了，請了胡大夫也治不好……聽說要送到縣城去治。」

柳好好沈默了片刻，輕笑一聲。「呵，這叫報應嗎？」

宮翎坐在一邊不說話，好像這些事自己一點都不知道似的。但是柳得銀究竟為什麼會突然病重，她不知道，他絕對知道。

他來了之後就聽說柳大郎家的事，可他只是把人給扔到了深山老林裡，讓對方好好反省一下……想到這裡，宮翎的眼眸中帶上幾分狠辣。

最莫名其妙的是柳大郎一家人迅速收拾東西，打算離開了村子。

「你說他們搬家了？」

「嗯，不知道為什麼，聽說他們還準備賣掉手中那二十多畝地。」

柳好好嗤笑一聲。「他們的地，如果我沒有記錯的話，三分之一都是我家的吧？這地我要買，但是我也不能讓他們占便宜，能把價錢壓低就死命給我壓，呵……」

她就不信了，自己還拿不回這些地。

「對了，給我盯著點，別讓他們耍花招。」

「明白的。」明德說完就走了。

柳好好有些懷疑。「他們真的要走了，為什麼呢？」

「東家別管什麼原因，走了正好，他們那麼壞！」二丫湊上去說道：「您想啊，他們整天就在背後使壞，咱們防不勝防。」

「東家，咱們好好過唄，別管他們了。」春娘笑了笑，柔柔道：「他們說不定是做賊心虛了，怕您找他們呢，所以先跑了。」

柳好好點點頭。「沒想到竟然跑得這麼快，我還想要好好懲治一下呢，竟然不給我機會，可惜。」

看著她這樣，家裡的人都笑了起來。東家還真是讓人哭笑不得呢。

宮翎看她笑得這麼開心，嘴角也掛上了弧度。

柳好好發現，村子裡沒有柳大郎一家，幹起活來都輕鬆自在。只是身邊多了個形影不離的男人。

「山上的野果子好像挺多的，要不要去？」

宮翎一隻手拎著籮筐，身上揹著弓箭，那雙眼睛就這麼看著柳好好，雖然沒有什麼表情，但莫名地讓人心頭一動。柳好好的臉有些發燒。「我……我帶點人過去吧，用野果子釀點果酒還是不錯的。」

「我和妳。」

「啊？」

「兩個人。」宮翎認真道：「我們兩個人。」

黑色眸子裡似乎流淌著讓人心悸的情感，她想要拒絕，但是不知道為什麼竟然點了點頭。

見狀，宮翎笑了笑，然後俐落地把籮筐拿起來。「走。」

「等等，我帶著大黑牠們吧。」

山裡比較危險，有大黑在身邊也算是安全，他點點頭就帶著柳好好跟狼群上山了。

柳好好不知道為什麼，臉上很燒，燒得耳朵都在發燙。她一抬頭就見到宮翎那雙眼睛深深地看著自己，頓時手腳都僵了，不知道往什麼地方放。

「呵……」

那聲輕笑帶著男人特有的低沈喑啞，瞬間就擊中了她的心。柳好好只覺得心臟怦怦跳著，完全不受控制。

「走、走吧。」

柳好好低著頭，將所有的情緒掩飾下去，帶著大黑牠們往山上走。

第六十章

宮翎慢悠悠地跟在後面，她通紅的耳垂落入他的視線中，嘴角的弧度怎麼也放不下來，心情很好。

「大黑，小心點。」

「你也小心。」宮翎靠近過來，抓住她的手。

柳好好下意識地掙了下，卻沒有掙脫出來，也就罷了。男人的大手很溫暖，有些粗糙，刮著手心有種酥麻的感覺。

她的心跳更快了，卻很高興，即使自己不想承認都不行。

她抬頭看著前方的路，緩緩地勾起了唇角。

宮翎遇到麻煩的時候，她傾盡全力去籌糧、募捐，讓辛一楠把糧食在第一時間送過去，就是為了讓他少點困難。

然後呢，明知道他受了這麼重的傷會引來很多麻煩，可她還是就這麼把人給留下來了，為什麼呢？

難道僅僅是因為小時候的交情嗎？

柳好好扭頭看著他，看著男人堅毅的臉，看著他筆挺的鼻梁，濃黑的眉和深邃的眼，眸光變得溫和起來。

似有所感，宮翎扭頭看過來，在這瞬間，原本冷厲的氣質變得溫和，那柔和下來的眸子像是化開了的水，靜靜地把她包圍，緩緩流入她的心田。

耳邊似乎有聲音，很近卻又覺得很遠。

漸漸地，一切都消失了，她就這麼呆呆地看著男人，看著他漸漸地逼近，感覺到那股冷香就這麼闖入她的鼻尖，侵占她的理智……

她緩緩地閉上眼睛，跟著感覺走，氣氛也變得濃烈起來，似乎連那些鳴叫的小鳥兒也被羞紅了臉，悄悄閉上嘴，躲起來了。

直到她感覺到胸腔都要爆炸了，宮翎才捨得放開她。

她睜開眼睛，正好撞入男人深沈如海的眸子，那裡清晰地映著她的臉，這一刻她真的覺得就跟著心走吧，什麼都不要想。

「我很開心。」

宮翎笑了，發自內心深處的笑容讓人差點溺死在裡面，淺淺的兩個酒窩也更明顯了。

宮翎見她的臉通紅通紅的，笑了笑。「等我，我會賺錢的，到時候一定會風風光光地給妳一個婚禮，絕對不會讓妳委屈。」說這話的時候，他的眸光是堅毅的，這是他的諾言，是他的保證。

自己喜愛的女人，怎麼能夠受委屈呢？

柳好好笑了笑。這個男人在什麼都沒有的情況下，在什麼都不記得的情況下竟然給了這樣的保證。可她選擇相信，宮翎這個人，她相信。

如果，如果以後他會記得，那麼她也一定會……

會什麼呢？

柳好好抬頭看著男人眼中的深情、堅定，笑了笑，把目光移到一邊去。

若是真的可以，她其實更希望能和宮翎在柳家村平靜地過日子。

「走吧，我們往山上走走。」

雖然好好沒有答應自己，有些失落，但是宮翎依然是開心的，畢竟她也沒有拒絕啊。

他牽著她的手，迎著陽光慢慢往山裡面走去。

「前面有水，我們先在那邊休息。」

也不知道是不是兩個人關係更近了，宮翎的話都多了起來，聲音也溫柔起來了。

兩人在山上待了一天，揹著滿滿一簍的野果子回去，一進門，就見到柳文遠那張帶著怨氣的臉。

「怎麼這麼看著我？」柳好好有些不好意思，特別是看到弟弟那刀子一樣的眼神，乾笑兩聲。「那個……就去山上看看，發現果子不少呢！這不是帶回來準備釀酒喝嗎？」

說著尷尬地抱著籮筐就跑。

看著她離開，柳文遠狠狠地瞪了一眼宮翎。「我說了，離我姐姐遠點！」

宮翎只是看了他一眼，什麼都沒有說，勤快地收拾東西，把剛才柳好好的吩咐給完成得漂漂亮亮的。收拾完了之後，他才慢慢道：「你姐喜歡我。」

此時的柳文遠忽然明白了，姐姐總是為他付出那麼多，把他照顧得很好，他怎麼可以讓姐姐為難呢？

想明白了的他深深地看了一眼站在面前的男人，淡淡道：「我知道你什麼意思。說我自私也好、說我過分也無所謂，姐姐喜歡你，我並不反對，但是若是有一天你傷害了我姐姐，就算是拚了這條命，我也會讓我姐姐離開你。」

「不會，不會有那麼一天。」

柳文遠看著這男人，強壯有力卻又英朗帥氣，給人的感覺是正氣凜然，那雙深邃的眸子讓人安心。若是自己看錯了，也只能說這個男人掩飾得太好。

「哼！未來的事情誰也不知道，就像你連自己的記憶都沒辦法留住，又有什麼能力說未來呢？所以你的承諾我不會當真，但是我的話卻一直有效。」

說完，他忿忿地走了。

宮翎的眸子裡似乎湧起狂風暴雨似的，但是很快又恢復平靜。他轉頭看了一眼柳好好離開的方向，轉身到廚房去了。

正在忙碌的二丫帶著另外兩個丫頭正準備給大家做晚飯，就見到他走進來。

這個大宮長得人高馬大的，劍眉入鬢再加上那漆黑的眸子，渾身散發著一股煞氣，她們幾個小丫頭怎麼可能承受得了？

「你……有什麼事嗎？」

「怎麼煮粥？」

二丫愣了一下，然後小聲地問道：「你是說怎麼煮粥？」

宮翎其實有些不好意思，雖然他會烤肉，但在野外那是必須的技能，若要煮粥、做點精緻些的東西，那就是不會了。

見他這個樣子，二丫只覺得好笑，雖然對這個傢伙還是有點忌憚，卻沒有之前的害怕了。

「你想煮什麼樣的粥？」

「容易消化的。」

「行啊，那就銀耳蓮子羹吧，東家很喜歡吃。」說著二丫就準備下廚，卻被宮翎制止了。

「教我。」

二丫不由得多看了他兩眼，見這個傢伙還是一副淡淡的模樣，她卻發現男人那一閃而過的彆扭和不自然。這人看上去嚇人，卻總是想到東家，說明人還是不錯的。

「最近的天氣有點涼，冷了就不好吃了。」

看著宮翎端來的一碗粥，柳好好覺得自己無法拒絕，點點頭便端著銀耳羹就吃起來。就是這味道……

她抬頭看了一眼站在身邊的人，雖然還是那張臉，卻又明顯感覺到男人有些緊張。

「是你做的？」

宮翎覺得自己真的很緊張。味道嘗過了，能入口，只是不知道柳好好能不能吃得下去。

「要是不喜歡的話，我讓人給妳重新做。」

她噗哧笑了。這碗銀耳蓮子粥的味道雖然沒有二丫做的香甜，但也算是能吃。

見她笑了，宮翎的嘴角幾不可察地勾了勾，自然地坐在她身邊最近的石凳上。

一碗粥就這麼被她給吃光了，她看了他一眼，臉色有些紅。「很好吃。」

明顯的假話，但是宮翎的心頭就是舒坦。「妳喜歡就好。」

宮翎伸出手抓住她的手，輕輕捏了捏。這雙手很軟很漂亮，修長勻稱而白皙，就像是完美的玉石做出來似的。唯一不同的便是手心有著幾個繭，摸起來有些硬硬的，令人很心疼。

他知道柳好好做的事情就是很傷手，只是有些捨不得。

「以後我多做做這些事，不讓妳傷手。」

柳好好有些發愣，忘了把手給抽回來，只覺得整顆心就這麼被吸了進去，好像忘記了所有。

宮翎深深地看著她，然後柔軟的唇緩緩貼上去，慢慢在她的唇上輕輕舔舐。

柳好好的心咕咚咕咚地跳著，震得她大腦一片空白，什麼都不能想，鼻尖是男人那特有的冷香，淡淡的，讓她沈迷，無法自拔。

她閉上眼睛，把嘴輕輕地張開，然後柔軟的舌頭迅速鑽進來，笨拙地挑逗著她。

兩個人都吻得有些氣喘吁吁的，迷迷糊糊間，她覺得自己的胸腔都要爆炸了，腦子因為缺氧，要暈過去了。

宮翎終於放開她，看著臉色緋紅的女人，只覺得心都要融化了。

「你……」

「我很開心。」

他把人抱在懷裡，這個女人屬於他的，就是他的，他要好好地把人抓住，讓她的心裡只有他。

他覺得這輩子從沒有現在這麼開心，好像自己之前缺失的部分終於填滿了，讓他開心地想飛起，想要抱著懷裡的女人大喊大叫。

此時，端著剛剛煲好的湯走過來的柳文遠站在院門口，見到兩個人那和諧的氣氛，竟然有種無法插進去的感覺。

他看了看自己的手，轉身走了。

姐姐很開心，那種發自肺腑的開心，他感受到了，既然如此，做弟弟的怎麼可以破壞呢……

溫馨的時間總是過得快，柳好好不是個喜歡浪漫的人，更不會把所有心思都放在談情說愛上，等到隔天的太陽出來，還是要幹活的。

「對，這批樹木要注意一下，現在這季節的溫度容易生蟲，你們刷一遍……好了，這裡的土有些乾，你們澆澆水，之後再把土給翻一翻，注意樹苗的根。」柳好好帶著人在山上轉，認真交代著。宮翎卻是沈默地跟在她身邊，目光始終溫柔地盯著她。

柳好好被他看得有些無奈，狠狠地瞪了一眼之後，耳根通紅地離開了。

「去忙你的去！」

宮翎看了看她，才轉身走了。

「去哪？」柳好好又不放心了，趕緊問道，然而宮翎只是擺擺手。

三天後，宮翎回來了，帶著大包小包的東西。

柳好好看著大堂裡放著的東西，有些頭疼地問道：「你去哪了？」

「打獵。」宮翎十分老實地答，甚至隱隱約約還帶著幾分笑意。

「賣了多少錢？」

「三百八十兩。」

柳好好又看了看這些東西。「這些都是什麼？你花了多少？」

宮翎看了看。「有點心、綢緞，還有頭飾……」說著，他面無表情地把東西都打開，然後拿著一根銀簪子遞過來。「這個很好看，適合妳。」

這傢伙……

「我問你花了多少錢！」

「不多。」

「不多是多少？」

「一百九十五兩。」

柳好好被氣笑了，看著宮翎那張英俊帥氣的臉，莫名地想要揍人是怎麼回事呢？

「這麼說，你賺了三百八十兩銀子，然後一次就花了一百九十五兩，剩下的還不足二百兩……」她一邊算著，宮翎原本雀躍的心突然間感覺到一股涼意，瞬間冷了下來。

那雙黑色的眸子裡閃過一絲疑惑，大概是不明白為什麼自己買了這麼多東西給好好，她非但不高興，反而很生氣似的。

是的，他感覺到了柳好好身上散發出來的怒火，即使她嘴角掛著笑。

「我……」

「真有本事呢。」柳好好臉色漸漸地冷了下來。「你覺得我家裡缺什麼東西嗎？」

宮翎搖搖頭。

「那我問你，既然賺了錢，為什麼買這些無用之物？」

「不是。」

「什麼？」柳好好見他看過來，十分地執著。

「不是無用之物，這些都是我自己賺錢買來送妳的禮物。是我買給妳的。」再次強調了一遍。

柳好好張著嘴，不知道該說什麼好，所有的怒氣在聽到這一句之後全部消散，最後變成了無奈，還有柔軟。

「我想妳所有的東西都是我買給妳的，是我送妳的。」雖然宮翎說得平淡，卻讓人感受到他的決心。

「你這個傢伙……」

柳好好有些無語，但更多的是感動，同時也意識到男人那強烈的占有欲。

「我可以賺錢。」宮翎低聲道，本就好聽的聲音又壓低了幾分，像羽毛一樣撩撥著她的心，讓她渾身都有些酥麻。「妳不用為錢擔心，不用每天操勞。我喜歡看妳笑，讓妳無憂無慮。我希望妳身上的每一件東西都是我給的，妳只能屬於我。」

宮翎說得又強悍又霸道，卻莫名地動聽。

「油嘴滑舌。」

宮翎笑了笑。「真心實意。」

第六十一章

說著，他走過去把這支銀簪子輕輕插在她的髮間，後退兩步，認真看了看。「很漂亮。」

「你是說我還是這根銀簪子？」

「都好看，妳更好看。」

柳好好的臉有些發紅，目光躲閃，彆扭地轉移話題。「其他的我也看看吧。」

宮翎立刻把其他的東西都打開，裡面還有幾疋上好的綢布。「我知道妳不喜歡豔麗的，所以選了這些素雅花色，妳……喜歡嗎？」

他懷裡抱著兩疋素雅的布，黑沈沈的眸子裡竟然閃過一絲緊張。

「喜歡。」柳好好走過去，看著上好的雲雪綢緞，還有什麼不滿意的？「都給我買了，自己有沒有買什麼？」

「我不缺。」宮翎嘴角勾出一道小小的弧度。

柳好好看著他身上的粗布衣衫，心中想到初遇時那個穿著黑色錦衣的少年，心中有些過意不去。

宮翎從懷裡把荷包掏出來。「這是剩下的錢。給妳。」

「給我幹什麼，自己收著啊！」

「不要，我知道妳心疼我，怕我花錢大手大腳的，所以放在妳這裡。」

我賺錢你養家，這才是一個家。宮翎心裡想著，男人應該是在外面賺錢，然後把錢給娘子管著，就是這樣。

柳好好完全不知道這個悶騷的傢伙心裡在想什麼，看了看荷包裡的銀子，然後拿出五兩碎銀遞過去。「零用錢。」

宮翎沒有拒絕，臉上的笑容更明顯了，因為這是好好給的零用錢，感覺真是好。

而後，他似乎是找到了賺錢的路子，開始不停上山打獵。

一轉眼，第一場雪已經下來了，白色雪花飄落，雖然漂亮卻也凍得人有些受不了。

「娘不知道什麼時候回來……」

這個爹也真是的，常常帶著娘一走，好久都不回來。

雪越下越大，一夜過後，整個柳家村都被雪覆蓋住了。柳好好裹著厚厚的棉衣，一邊跺著腳一邊說著。

柳文遠見她的臉色不好。「娘應該會很快回來。這些天這麼冷，妳可別動不動就出門了。每次回來看妳的臉色就覺得白上幾分，這可不好。」

「沒事，我有分寸呢。」

聞言，柳文遠冷笑道：「行啊，胡大夫說了，他那裡可是做了不少藥丸子，就等著某個人病發餵下去呢。呵呵……」

「嗯，聽文遠的。」

宮翎顯然也覺得這是對的，柳好好的身體太差了，還記得上次發燒昏迷的模樣，真的嚇死他了，可不能再遇到這樣的事情了。

柳好好冷笑一聲，以為自己是誰啊，竟然管她了是不是。

「東家，我覺得少爺說得對，這花棚裡的事不是有咱們這些人嗎？雖然沒有您知道的多，但基本上還是會的。要是遇到不會的，您再出手，怎麼樣？」

「對啊，東家，這雪還不知道什麼時候停呢！再說這個季節是淡季，咱們也能休息休息對不對？」二丫也跟在後面勸。

瞧瞧、瞧瞧，這一大家子的人都在幹什麼，都想管她這個當家的了是不是？

「行了行了，聽你們的不就行了，我不去了。」

一家人都知道柳好好的身體不是很好，一到冬天就如臨大敵，生怕這位小主子被凍著。這不是還在下雪嗎？東家若是在雪裡來回走個兩趟，肯定會凍到了，到時候要是生病了，他們更著急。

所以，就算東家再怎麼不高興，也要拘著人。

「欸，真是無聊。」柳好好靠在椅子上發呆，慢悠悠地說道：「不知道這雪會下幾天，到時候要是太大的話，就有點麻煩了。大宮，讓人看著咱們家的苗圃還有大棚，大棚上面的雪要注意，要是太重了會塌下來的。」說著，又開始念叨了。「一個花棚還不行，我得找個地方再蓋一個。」

「姐，不在柳家村嗎？」

「不準備在柳家村了。」柳好好端起熱氣騰騰的花茶喝起來，一下一下地吹著，看著裡面花瓣浮浮沈沈，緩緩地說著。「文遠以後肯定要到京城去考試的，我的生意肯定也要往京城那邊做……所以我想找一個靠近京城的地方，環境不錯的，再建兩個大棚，我的墨蘭還是太少了點，還有我的十八學士……不不不，還有我的那些海棠花……太多寶貝了。」

「東家、東家，信來了！」

「信？」

柳好好有些意外，打開一看竟然是娘寄回來的。「娘說他們在揚州那邊耽誤點時間了，回來可能會遲點，讓咱們不要擔心。」

柳文遠點點頭。「娘開心就好。」

幾天過後，大雪終於停了，一輪耀眼的太陽緩緩升起，金色的光鋪灑在大地上，絢麗又溫暖。

「去，讓人安排一下掃雪，咱們家的門口院子還有去山上的路，都給清理出來。」柳好好搓著一雙手又跺跺腳，才覺得有點溫度。

「知道的東家，明德和山上的那些人已經忙著了。」

「好好、好好。」就在他們熱火朝天地幹活的時候，有人大聲喊著。

柳好好伸頭一看，就見到二虎帶著幾個人樂呵呵地走過來。

二虎長得虎頭虎腦的，特別開朗，就是一個陽光大男孩的模樣。至於大虎，人也不知道怎麼回事，越大越沈默，不過聽說生意做得不錯，販售柳家村的各種山貨什麼的，已經漸漸地做到周邊幾個城鎮了。

看著二虎這麼開心，顯然這次出門又賺錢了。

「怎麼了，有什麼事嗎？」

二虎笑了笑。「就是過來說一聲，你們家的那個叫定安的好像快要到村口了，我看他帶了好幾輛車，走得有點慢，先來告訴妳一聲。」

「定安回來了？」

柳好好也有些意外，不過想想也覺得正常，看著站在身邊臉已經紅了的春娘，還有什麼不明白的。

「我知道了，謝謝你啊。」

二虎嘿嘿笑了笑，然後拿了一刀肉過來。「給。」

等他走了，柳好好看著站在一邊欲言又止的春娘，故意說道：「去吧，這肉燉上，咱們中午紅燒。」

她又看著站在旁邊一直不說話的宮翎，吩咐道：「你帶著幾個人去接一下吧，我覺得定安肯定人手不夠，不然二虎也不會特地跑過來說一聲。」

約莫半個時辰，看到宮翎帶著七、八個壯漢，幫助定安把東西給帶回來的時候，柳好好整個人是呆滯的。

「這些都是什麼？怎麼這麼多東西？」家裡什麼都不缺啊。

定安的臉非常紅，也不知道是興奮還是凍的，一看到柳好好便迅速跑起來，等到了門口才站穩，做了一個揖。「東家，定安回來了。」

柳好好微微一笑。「幹得不錯。」

「多謝東家誇獎，要是沒有東家就沒有今天的定安。」說著，聲音都有些哽咽了。

柳好好笑了笑，但是心裡卻知道，自己根本沒有幫助定安什麼。也就是說，若是定安自己沒有能力的話，也是不可能有現在的發展。

這個時候，幾輛車子已經停在門口，她有些好奇地問道：「怎麼這麼多東西？」

定安直起腰。「自從我留在欽州之後，咱們的花木慢慢出名，後來不知道是誰說出來，咱們有最稀少的墨蘭，客人也就越來越多了。」

簡單地說，欽州這個鋪子的銷量非常好，加上他們花草的品質的確非常好，而且與眾不同的售後服務這一塊也讓很多人放心，所以……想想這半年賺的銀子，定安幸虧自己是一個忠心耿耿的人。

「不說這個。這些東西是怎麼回事？」就算生意好，也不需要買這麼多東西回來吧？

定安趕緊說道：「不是的，這裡只有一點點是我買的，這麼長時間沒有回來，就想給大家帶點禮物。都是些小東西，不值什麼錢。其他是雲公子和展少爺讓人送過來的東西，還有戴少爺的朋友送的，加上另外幾個從咱們花店買苗木的老爺差人送的禮物……我挑了些帶回來，其實在那邊的鋪子裡還有不少，但實在是帶不走了。」他覺得要是把那些東西都帶上的話，肯定要請個鏢局了，想想都覺得太打眼了。

柳好好一聽，就知道怎麼回事了。戴榮的朋友估計就是上次死皮賴臉地從她這裡買了墨蘭和茶花的兩個大少爺。

至於雲溪……她的眼神動了動，這傢伙以前沒有這麼大方啊？

「東家，這是禮單。」

上面沒有寫是什麼禮物，只是寫了哪些是誰送的。

柳好好見狀，趕緊讓人把東西抬到大堂之上，一個一個拆開。然後，大家的眼神都不對了。

林莫知和溫少卿送來的禮物倒是中規中矩的，不顯得特別貴重也不算太普通，給人一種比較重視又沒到深交的地步。

不過這兩個人肯定是因為帶回去的花得到了很大好處，不然以那兩個人的身分怎麼可能還記得她這個小人物。

她不在意地掃了一眼之後，又看了看其他人送的。重頭戲則是雲溪送的禮物，好幾疋上好的布料，有雲錦、蜀錦、絲緞……看著就覺得奢華，好在顏色還算素雅。還有幾箱子的香料，其中有一小罐用白玉罐子裝著的，聽說是什麼國家進貢上來的。這玩意挺好聞的。

也有各種的胭脂水粉、珠寶首飾，其中一枚珠釵上面竟然鑲嵌了九顆紫色珍珠！柳好好就算對這些東西不了解，但是看著珍珠圓潤的模樣，也知道價值不菲。

還有筆墨紙硯、名士書畫、一套罕見的紫水晶做的小茶盞……

「這些東西都好……貴啊！」

「是啊，我簡直就是在作夢啊，看看這些東西……」

已經忙完的春娘也走過來，看到大堂上的東西，不由自主被那位雲公子給嚇到了。

「這茶葉，我以前的主子家聽說好不容易才求了點回來，就是為了送禮，那小心寶貝的模樣真的是……」

「是啊，這宣紙是徽州的吧，聽說最好的紙張是水家的，潔白如雲，軟如綢緞……」

柳好好的神色凝重起來。她明白這些東西價值不菲，所以收禮也是有些心虛，下意識地抬頭看了一眼宮翎。「這怎麼辦？」

「收著。」

這樣的人送出去的禮不可拒收，還不如心安理得地收著。

但她可不覺得雲溪這麼大方地送這麼多好東西，只是因為彼此是合夥關係。畢竟以前送年禮可沒有這麼多，現在突然這樣……

看到柳好好凝重的神色，宮翎伸出手捏了捏她的手指。「沒事。」

不管雲溪想要做什麼，這些東西都可以收下來。畢竟以那個人的身分，若是真要做點什麼的話，根本不需要這麼委婉。

「好吧，收下吧。」

柳文遠沒有說話，只是皺皺眉，然後看到宮翎和姐姐握在一起的手，頓時覺得一口氣堵在胸口。

他大概隱隱約約知道點什麼，可是又有些不確定——關於宮翎與姐姐、關於雲公子。

但他甩了甩心中的想法，裝作什麼都不知道。

第六十二章

「好了好了，先收到庫房去。」

宮翎見她一個都沒有留，全部送到庫房裡，心情也不知道是說好還是不好。自己的女人竟然沒有辦法用最好的，連一件好衣服都沒有！他覺得自己賺錢的速度太慢了，於是抬頭看了看不遠處的山，默默地打算。

當然，柳好好也沒有感覺。對她來說，那些東西都是別人送的，特別是那些珠寶首飾胭脂水粉，她覺得不適合用起來。

既然不喜歡這個人，卻戴著他送的東西，感覺實在是太彆扭了。算了，還是放著吧。

她完全不知道，自己這個舉動讓某個男人心裡舒坦的同時又糾結極了。

他定定看著柳好好，然後湊上去小聲道：「我以後都買給妳。珠釵、衣裳還有胭脂水粉，只要妳想要的，我都給妳買來。我的女人不能用別人的東西。」

這話說得特別霸道，卻意外深情，讓柳好好的臉有些不好意思地燒了起來，下意識便想要逃避。「我去花棚看看。」

沒有得到柳好好的回應，宮翎有些失望，看她抽離了自己的手，眼神都暗下來了。

「還不走？」

柳好好走了兩步，發現男人並沒有跟上來，回頭看去，就見到這個傢伙眼巴巴地看著自己，雖然沒有什麼變化，但是為什麼總給她一種委屈的意思，看得實在捨不得發火啊！

這個傢伙，什麼時候學會了這一招！

「我剛才說的都是真的，我能夠做到。」

柳好好停下腳步，看著這個男人認真的神情，笑了笑，眼中都是溫柔。她伸出手摸摸他的頭髮，然後順著臉部的輪廓一直來到臉頰。

冰涼的手落在臉上，即使宮翎不怕冷也感覺到一股涼意。

「好，我等著。」

宮翎也笑了，那犯規的小酒窩又露出來了。

那雙黑色的眼睛裡都是寵溺與愛意，讓柳好好的臉燒得更加明顯了，心臟也撲通撲通地跳起來。她羞得低下頭，然後慢慢靠在他的懷裡。「我相信你。」

花棚內非常溫暖，一進去，熱浪就撲面而來，瞬間把寒意給驅走了。柳好好捲起袖子走到裡面，宮翎傻傻站在那裡，默默地看著她捧著一盆花仔細觀察的側顏，突然覺得什麼雲溪什麼戴榮，那些人根本沒有任何的競爭力，真正讓他擔憂的，應該是這些花花草草！

他的目光在花棚裡走了一圈之後，默默地更加心塞了。

因為光是花盆的品項都有二十多種，更別說數量了！每一棵就是一個敵人……心好痛！

宮翎在這裡默默心塞，而柳好好卻是捧著一株蘭花仔細研究。

這不是墨蘭，而是一株雪白的蘭花，就像當初第一次參加花展的時候，那個男人捧著的九月雪那種。不過她看出來了，那一棵蘭花是野生的，成為白蘭也是偶然的。

她看了看自己手中的蘭花已經出現了變異，但並不是通體雪白，而是花瓣中夾雜著點點的綠色，簡直就像是小精靈似的，端莊又帶著點俏皮。

「真沒想到，竟然出現這樣的變異。」說著，她的手指輕輕地劃過葉子。「就是不知道這花性有沒有定下來。」

算了算日子，她決定開始培育第二代、第三代，一般經過三代培育而不會變化的話，基本也就穩定下來，到時候這花就可以推出去了。

她給這盆花澆澆水，然後又施了點肥再放回去，轉頭看著其他的蘭花。幾十盆蘭花裡，墨蘭只有十盆，而這十盆當中還有初代的兩株，二代的三株，剩下的都是三代的，其中有幾盆出現了退化的現象。

「這是存活下來的三代。這兩棵已經出現了退化的現象，不過這三棵目前看來還是非常穩定。」她笑了笑。「等到蘭花的花性穩定下來，到時候咱們就可以大量地培育了。」

宮翎看著她得意的模樣，知道自己和好好的差距越來越大了。他覺得自己就算把山裡的所有野獸抓完了，也比不上好好這掙錢的速度。這感覺還真的不知道怎麼說才好……

宮翎沈默地站在一邊看著，要不是內心強大，只怕不知道要碎裂多少次了。

「看到這個沒，蘭花的另外一個變異品種。」她指著剛才觀察的那棵蘭花。「你覺得好看嗎？」

「嗯。」

「我想取個名字，畢竟是這個品種的第一個。」柳好好歪著頭，認真地說道。

宮翎看了看蘭花，又看了看她，開口道：「餘音。」

「啊？」

「這品種的香氣猶如餘音繞梁，三日不絕。」他解釋道：「可是偏偏又是不可捉摸的，想要用力嗅聞的時候，卻又淡了下去。」

「很好聽。」柳好好張大了眼睛，內心掀起了波浪。她抱著他的胳膊。「這個名字我很喜歡，我想它也一定很喜歡的！」

宮翎看著那株蘭花，真不知道柳好好是怎麼看出來這株植物是喜歡的。不過既然好好這麼說了。「對，一定很喜歡。」

不管怎麼樣，好好說的都是對的。

柳好好十分開心，抓著宮翎的手就介紹起來。「這是新發現的品種，是我接下來主要的培育目標。你知道的，越是稀少，價錢越高，所以我不喜歡提早曝光讓人知道消息，不過你不一樣。」

你不一樣，你不一樣，不一樣……宮翎覺得這四個字在耳邊無限迴盪，心臟越跳越快，都快要爆出來了。

兩個人在花棚裡待了一整天，連吃的都是家裡人送過來的。

若不是這裡實在是太簡陋了，柳好好覺得自己可以在這裡住上十天半個月的。沒辦法，這些花草實在是太可愛了。

看著她依依不捨的眼神，宮翎再次確定自己的情敵非常多！而且還是沒有辦法贏的那種！

「不早了，妳需要休息。」

柳好好也不是任性的，雖然花棚裡的溫度很舒服，但是畢竟是溫室，時間長了，裡面的二氧化碳太多，對身體不好。不說這個，她也不可能真的住在這裡啊。

「我知道。」她的身體還是弱了點，根本堅持不了這麼久，所以現在就有些發睏。

宮翎見狀，立刻伸出手扶著她的肩膀。「累了？小心點。」說著，仔仔細細地把她的外套給穿上，然後又把厚厚的大氅給披上、帽子戴上，整個人就露出一張臉，看上去倒是挺可愛的。

「我知道啦……」還沒說完呢，一口冷氣一下子吸進嗓子裡，她整個人哆嗦了一下。這溫差簡直要凍死人的節奏啊。

但看著宮翎只是簡單穿了一件厚衣裳，這個傢伙真的是一點都不怕冷呢，乾脆抱著他的胳膊，自己儘量往他身後縮。

宮翎自然是開心的。他覺得柳好好對自己是越來越依戀了，比如在外人面前已經不會拒絕他的一些親密動作，有時候還主動投懷送抱。

兩個人就這麼慢慢走著，或者說是宮翎配合她的腳步。

天色黑得早，村子裡的人幾乎都已經回家了，兩抹身影在夜色中慢慢往前走去，成了冬夜的一道風景線。

「東家，怎麼這麼晚了還不睡？」

晚上睡在外間的時候，二丫感覺到柳好好在床上翻來覆去的，有些擔心，輕輕地走進來點燃油燈，就見她果然睜著眼睛。

「沒事，有點心煩而已，不知道怎麼回事。」

柳好好也覺得有些奇怪，今晚怎麼都睡不著，好像有什麼事情要發生似的。她摸摸心口，有種悵然失落的感覺，十分憋悶。

她擺擺手，示意二丫下去睡覺。

而另一邊，宮翎原本沈浸在今天的甜蜜之中，突然睜開眼睛看著房頂，然後迅速從枕頭下抽出一把刀來。

這把刀是宮翎隨身帶著的刀，但是從外形上又像劍一樣，能刺能劈能砍能挑，材質是最好的精鐵鑄成。

他迅速從床上爬起來，動作非常迅速，一個反轉，凌厲的劍氣就衝了出去。

「主子！」

就在宮翎準備進攻的時候，兩個人影落在他面前。其中一個堪堪避開了劍氣，但是依然被劃傷了胳膊。

宮翎緩緩地低聲問道：「怎麼回事？」

「回主子，上次因為被奸細洩密，將您放任柳家村之後我們便去調查。我們已經查到了奸細是誰，現在已經上報了。」跪在前面的那個人說著。「當務之急，還請主子回西北。您這次立功，大將軍定然會給您請功的。但是若是您不在軍營的話，肯定會被有心人抓住把柄。」

那個人說著從懷裡掏出一封信來，雙手恭敬地交上去。

宮翎打開看了一眼，看完了之後，整個人的氣勢都變了。

第二天，柳好好起來得也早，把家裡的人都看呆了。畢竟自從天冷了之後，東家都沒有這麼早過，現在這個點起來了，還真有點不習慣呢。

「東家的氣色不是很好，沒事吧？反正現在也沒有什麼事，要不再睡一會兒？」

「沒事。」

就是有些心煩意亂的。平時宮翎那個小子早就過來了，怎麼今天到現在都沒看見人，不對勁啊……

「大宮？」

她喊了好幾聲竟然都沒有回應，不由得有些疑惑。這麼早他去哪裡了，難道上山打獵賺錢了？

她找去了宮翎的房間，只見到簡單的屋裡乾乾淨淨的，東西都是整整齊齊的，若不是知道宮翎就住在這裡，還以為是間空屋呢……

桌子上有張紙，上面寫了一句話：吾回軍營，不日將回。大宮留。

宮翎竟然一句話都沒有說，留下一張字條就這麼走了，實在是太過分了！

眾人不再說話，乖乖去做事，因為這時候真的不知道應該說什麼啊，安慰還是討伐，不管哪一樣都是在東家的心上插刀。

柳好好難受嗎？自然是難受的。

生氣嗎？當然，非常生氣。

可是自己不是早就知道有這麼一天了嗎？就算生氣難受，她也忍著，從一開始就知道，宮翎這個人不會在柳家村陪著她的。

她只是……只是希望這個傢伙可以陪她久一點，就久那麼一點而已。

等到年後，她準備去京城那邊發展，真的想要走出柳家村，到時候不管宮翎去哪裡，她就去哪裡，難道這也來不及嗎？

「姐。」

柳文遠得知消息之後，急匆匆地趕過來，看著姐姐坐在大樹下的石凳上，呆呆看著前方，雙眼無神，心就痛得要命。他的姐姐啊，怎麼能被這樣欺負呢？這個大宮竟然不告而別，以為留下一張字條，姐姐就會等他回來了，真是作夢！

「文遠？怎麼了，不是在房間裡看書嗎？」

「覺得有些煩悶，就出來透透氣，看到姐姐坐在這裡。怎麼，姐姐不歡迎？」柳文遠把厚厚的大氅披在柳好好身上。「這麼冷的天，坐在院子裡不怕受涼嗎？」

「沒事，今天的太陽還不錯。」柳好好沒有拒絕，裹了裹身上的大氅，看著院子裡的花草，突然感慨地說道：「沒想到時間過得真快啊……但實際上，快與慢只不過是出於我們的心情罷了。」

心情好的時候就覺得時間走得太快，心情不好的時候，總覺得每一分每一秒都像是煎熬。

比如現在，其實才過了一點點時間，卻有種度日如年的感覺。

「姐。」聽著柳好好的話，柳文遠心裡十分不好受。「妳還有我。再說了，那個傢伙說還會回來的……姐，何必這樣呢，什麼樣的人沒有，幹什麼非要等他？我姐姐這麼好，配得上最好的人。」

柳好好輕笑一聲。「我還有那麼多的事情要忙，哪有什麼時間在這裡傷春悲秋啊？」

看著姐姐笑了，柳文遠心裡反而難受。他剛才說的是真的，姐姐一定值得更好的人，可是偏偏她喜歡的是這個叫大宮的人，怎麼辦呢？

當初就不應該讓姐姐和這個傢伙在一起！

「小東西，我真的沒事。我說了我很忙，情愛什麼的還沒有辦法占據我所有的時間和精力。所以啊，我沒有你們想像的那麼難受。」

所以，宮翎，儘快回來吧，不然她真的會放下的。

垂眸，柳好好將所有的心思掩飾下去，笑了笑。「好了，這麼冷的天坐在院子裡，你說我們是不是有點傻？」

「有點。」柳文遠也笑了笑。「不過，傻的不是我，是姐姐。」

「現在倒是學會了看我笑話啊。」

第六十三章

大宮的離開雖然讓有的人失望，有的人傷心，有的人生氣，但是在這個大宅子裡，每一個人都非常忙碌，隨著新年接近，更沒有空閒時間去想念這個「忘恩負義」的傢伙。

柳好好整天鑽在花棚之中，觀察著她的小可愛們。

「果然還是你們好，天天陪著我。」她幫一株花苗換了盆器之後，幽幽地開口。「那個傢伙就這麼走了，雖然我知道他的軍營在什麼地方，但是……想想還是覺得有些不舒服啊，我不能直接跑到軍營然後指著他的鼻子罵吧？這樣多不好。」

「嘻嘻。」

「不懂。」

「誰知道呢？」

花棚裡的花都是她精心培育出來的，和野生的還是有些區別。而且她發現經過自己種植的植物，交流起來更簡單一點。

「笑什麼笑？我現在心裡都在發堵，你們倒好，還在這裡笑，不知道我是你們的飼養者啊？信不信明天沒水喝啊！」柳好好壓低嗓子對面前的幾株花草吼道：「告訴你們，小心不給你們好吃的！」

對，做人就要這麼凶，不然還以為誰都可以欺負她呢。

「不怕，不怕，好好捨不得的。」

「對啊，我們不怕的。」

「汪汪汪！」

好了，不知道什麼時候進來的三隻狗竟然在這裡唱起來。這下可熱鬧了，動物的聽不懂植物的，植物的聽不懂動物的，柳好好也聽不懂，反正一時間花棚裡挺熱鬧的，像菜市場似的。

「行了，行了。」

兩隻狗仔這幾個月也長大了很多，乖乖躺在柳好好的懷裡，撐著小腦袋看著主人，本來還有些憂鬱的她被這幾個小傢伙弄得笑了起來。

「你們最乖了。」

此時，悄悄站在花棚門口的幾個人見她這麼開心，懸著的心也落下來了。

說實話，自從大宮走了之後，東家看上去沒有什麼變化，但是大家敏銳地感覺到有什麼地方不一樣了，或者說柳家的氣氛變得冷清了，主要是因為東家的心情不好啊！

現在這樣，大家終於是放心了。

柳文遠看著心愛的姐姐抱著幾個小傢伙在那裡，臉上露出了久違的笑容，心中的鬱氣也稍微減少了點。

都說小動物是療傷最好的陪伴，今天被這幾個小傢伙這麼一鬧，她的心情果然好了很多。

柳好好不是一個感性的人，從小到大的家庭讓她對感情並不是非常信任。她願意和宮翎在一起，只不過是相信這個人罷了，但是誰能證明以後呢，所以她真的沒有要死要活。

而此時，已經被當做渣的男人坐在營帳之中，面沈如水地看著眼前的人盯著自己，而他的腦門上竟然還扎著幾根針。

「這怎麼回事？」大將軍鐵木年實在是有些不耐煩了。怎麼這個小子出趟門就把自己折騰成傻子了？

「你知不知道，若是你這個樣子被他人知曉，別說功勞了，沒把你趕出去就不錯了！」一旁的司少雲是軍中的先鋒將軍，作為宮翎的上司和夥伴，如今見他這樣，頓時氣不打一處來。

宮翎淡淡看了他一眼之後，漫不經心地道：「我並沒有真的失憶。」

「你說什麼？」鐵木年愣住了，看著對方那雙深邃的眼神，突然哈哈大笑。「好小子，裝得挺像！」

宮翎沒說話。失憶不過是暫時的，當時的他需要一個安靜休養的地方，需要一個契機把奸細給找出來，只是沒想到，一顆心卻是遺落了。

「那你之前說那什麼柳家村，可信嗎？」

誰知道剛說完呢，宮翎的眼神瞬間就掃過來。「自然可信。還有柳好好是我看中的未過門的妻子，誰也不能動她。」

司少雲整個人都不好了。「等等，你說什麼，你竟然找到了未婚妻?!」

「嗯。」他還是那張沒表情的臉，但是不知道為什麼，在場眾人就是感覺到一股炫耀意味，簡直讓人酸得要死。

這個面癱的傢伙竟然還會有人喜歡……

鐵木年皺皺眉。「不會是你搶來的吧？」

眾人深以為然。

宮翎臉色一沈。這群傢伙就是沒有見識的，他這麼好，自然是有人喜歡的，而且喜歡他的那個人也是那麼好的一個人。

「是誰啊？」有人好奇。

「等等，我記得去年寒冬，有人冒著嚴寒給咱們送了不少糧草。」這個時候有個將軍說話了，他沈思地摸摸下巴。「別告訴我就是那個什麼東家？」

宮翎才不會否認呢，他要讓人知道，自己喜歡的人是多麼好。

但是他忘記了，柳好好以前都以男兒身示人，所以其他人都以為那個送糧草的人是男子，畢竟人家叫柳文近……

眾人用一種怪異的目光看著宮翎，簡直就像是看一個……

宮翎整個人都不好了，低聲道：「好好是女兒家。」

「好好？」

「之前她是為了方便出門，才裝扮成男子。」

說歸說，笑歸笑，宮翎這次大難不死也算是有福氣，只是鐵木年又交代了幾句，讓他別不放在心上，才離開營帳。

宮翎看著給自己拔針的軍醫，眸光之中閃過一絲陰鷙，嚇得幾個軍醫差點暈倒。

剛才將軍說防人之心不可無，他卻不這麼想，好好即使知道他失憶，依然待他如初，這份情意怎麼可能是假的？

想到這裡，他的拳頭瞬間就攥緊了。

本來應該和好好說一聲的，可是因為自己的膽怯，就這麼偷偷摸摸地走了，還讓好好等他。想想這事做得真的一點都不厚道，要是好好生氣怎麼辦，不願意等他怎麼辦，或者直接……

突然，宮翎好焦躁，恨不得立刻回去，然後把好好給綁到這裡來。好好不是做生意嘛，這邊也能啊，也有很多喜歡花花草草的人，也能賺錢的。

到時候在這裡買一座莊園，他們住在一起，再把家裡的傭人帶過來，多好？這麼一想，他更是焦躁了，恨不得馬上就回去。

可惜，他走不了。

沒有回來之前，他整個人的心裡都是柳好好，他真想回去，可是如今這裡的並不安全，他也走不了。

想到這裡，躁動的心漸漸地冷靜下去。

有時候，並不是你想怎麼樣就怎麼樣的。

「行了，別想了。之前陷害你的奸細我們已經找到了，這次立了功，到時候封賞絕對不會少的，那位肯定會很開心。」站在他身邊的司少雲見他面無表情的模樣，出聲安慰道：「想想看，你好歹還有未婚妻呢，想想她被你保護著，這感覺其實挺好的。」

宮翎依然沒有一句回應。

見他這樣，司少雲嘆口氣。「真不知道那個女子怎麼看中你的。」

「因為我英俊。」

一口老血噴出來，司少雲被這句話給震驚到了。這樣不要臉的話都能說出來，真的是宮翎嗎？

他覺得自己再和這個傢伙說幾句話，絕對會被氣死。於是擺擺手，乾脆離開了。

宮翎站在一堆篝火前面，神色忽明忽滅，不知道在想什麼。

又是一年除夕，柳好好雖然嘴上說得好，心裡卻是惦記著在軍營的那個傢伙。

幾十萬大軍駐紮在西北，北風呼嘯，刺耳得讓人不由自主想要打哆嗦。

「開飯啦！」一聲大吼，大家立刻就站起來，排隊去吃飯。

今天可是除夕呢，聽說一個人能有三個白麵饅頭，一碗肉湯，一塊肉還有一份菜，管飽！

拿到食物的立刻走到篝火前，圍著吃了起來。一大塊的肉呢，還有這個香噴噴的馬鈴薯燉肉，也是非常美味的。

「哈哈，今天除夕，沒想到竟然有這麼好的伙食。」

「這大概是咱們這些年最好的，看看白麵饅頭，這可不是窩窩頭。」

「對啊，聽說明天早上還有白米粥加燒餅呢！」

此時，在城內的將軍府中，幾人坐在大堂之上，每人面前的桌子上都擺著饅頭、烤肉、燉菜還有乾豆角、鹹肉、香腸，一碟小菜外加一個鹹鴨蛋，還有一壺酒。

「哈哈哈，老魯我從來就沒有過過這麼開心的年！」

一個臉上都是鬍子的中年漢子大聲笑著，嗓門簡直都要把營帳給震塌了。

沒想到前一天有人送了大量的鹹肉、香腸還有乾菜、麵粉和大米過來。而送東西的人，竟然就是宮翎口中的「媳婦」，真的是——太讓人嫉妒了！

宮翎看著面前的東西，心裡都是暖意，似乎不管自己做什麼，好好都不會忘記他。

「你找了一個好媳婦。」鐵木年認真道。

宮翎十分自豪，想到辛一楠轉交給自己的那個包裹，不僅有吃的，還有兩套新衣服加上二百兩銀子跟鹹鴨蛋什麼的，可是好好給自己單獨準備的！

不過，他在心裡默默計算了一下，估摸著她把自己的存款也掏了一大半出來，想想都覺得有些心疼。

「她掙的錢都送到這裡來了。」

「所以你這是靠媳婦養活呢！」

司少雲吃了一口鹹鴨蛋，整個人都飄起來了，特別是這蛋黃，簡直美味得讓人恨不得一口氣吃十個！

宮翎想了想開口道：「她為了我送物資給軍營，有沒有什麼表彰？」

鐵木年覺得腦門抽了一下，狠狠地瞪了他一眼。「表彰？這是軍民一條心，你媳婦比你有覺悟，還在這裡叨叨！」

「就是啊，我說宮參將啊，你這小子不厚道，啥時候把媳婦帶來看看？」

老魯的嗓門最大，成過婚的自然也就沒有什麼忌諱。

宮翎直接無視了。自己的媳婦藏起來都來不及呢，為啥要給一群粗漢子看？

但他想媳婦了，想那個一說話就喜歡蹦起來的女人，想那個明明喜歡自己卻又十分彆扭的女子，想她那雙亮晶晶的眼睛，想她那柔軟的唇……

另一邊，新年一過，柳好好就想帶著一家人出門轉轉。

十五的天氣不錯，聽說鳳城縣有燈展，柳好好和返家的娘商量了一下，決定一家子人到鳳城縣去好好玩一玩。

「走吧！對了，家裡就你們兩個看門，真的沒有問題？你們確定不去？」

春娘嬌羞地笑了笑，然後看了看定安。

定安不好意思地搓了搓大手，低著頭笑道：「東家，你們去吧，我想和春娘好好說說話。」

柳好好明白了，原來這兩個人想要過二人世界呢！

她給了個瞭然的眼神，慢悠悠地讓明德趕著馬車往鳳城縣趕去。

柳家村是一個非常安靜的村子，而縣城就完全不一樣了，還沒有到城門口呢，就見到來來往往的人，好不熱鬧。

入了城門之後，眾人更是被兩邊的商鋪還有小販給吸引了，各種各樣的小商品琳琅滿目，吃食更是散發著陣陣醉人的香氣。這裡喧鬧、嘈雜，卻讓人覺得生機勃勃。

李美麗自從和趙掌櫃出門遊玩了一次之後，便覺得這種生活十分的愉悅，整個人也開朗起來，相對於當年守在柳家村那畏畏縮縮的樣子判若兩人。

大概是過得舒心，那雙眼睛裡沒有了迷茫和痛苦，反而帶著希望和愉悅，讓趙掌櫃更愛，走到哪都要牽著。

「去那邊看看。」

「娘，去吧，我和文遠去另一邊轉轉。」

柳好好說著，抓著柳文遠就跑了，看得李美麗無奈地笑了笑。「這孩子……」

風調雨順，國泰民安，大家才能這麼安心地準備過節，說明大慶國這些年真的非常安穩。

柳好好十分滿意地看著周圍的一切，若是剛過來的那一年，她看到這樣的情景肯定唏噓，現在麼？已經習慣了。

「快點，廣場那邊忙著呢，聽說今年有大人物要來！」

第六十四章

「咱們去年來的那位新知府，聽說要過來呢！」

「我聽說了，那位知府原本就是咱們鳳城縣的人，好像是戴老爺家的公子。」

一群人從身邊經過，柳好好聽著他們聊天，似乎戴榮也會過來啊？

她看著一批一批的人往廣場那邊湧去，幽幽地嘆口氣，看著自家弟弟。「瞧瞧，這就是名人效應。你若是高中，一定會有許多迷弟迷妹，多榮耀。」

柳文遠無奈地看了一眼姐姐，默默地下定決心：一定要高中，滿足姐姐這個願望。

兩個人一路有說有笑，哪知道還沒有走幾步就撞到了人，柳好好趕緊後退一步道歉。

「不好意思，是我沒有注意，衝撞了閣下，還請原諒。」

「那我要是不原諒呢？」

輕佻的聲音帶著幾分調笑，她抬頭，狠狠地瞪過去，哪知道對方卻是戴著面具，根本看不到臉，但也沒有感覺到對方的惡意。

「敢問公子，那要如何處理呢？」

「妳撞了我，算不算緣分？」

有這麼說的嗎？

「既然是緣分，那就是天注定，不若妳嫁我如何？」男子緩緩道，簡直讓人雞皮疙瘩都要起來了。

柳好好訕訕地笑了笑，摸摸鼻子表示。「公子說笑了。」

「我從來不說笑。」

「呵，那就是不準備解決事情，要——」

正準備放狠話呢，旁邊的柳文遠無奈地開口道：「戴大哥，你就別逗我姐姐了。」

天哪，這個人竟然是戴榮！

柳文遠說完之後，就見面前這個白衣男子拿下臉上的面具，戴榮那張帥氣的臉便露了出來。

「好好真是讓人傷心，竟然認不出我來。」

柳好好左看看右看看。「這麼多人，你身邊一個人都沒有，是不是有些輕忽了？」

戴榮倒是沒有在意，反而饒有興趣地湊上去問道：「好好這是擔心我？」

「等等，你說話怎麼是這種態度？」

戴榮本是十分傲嬌的，口是心非，嘴硬心軟，怎麼今天如此輕佻？

被她這麼一說，戴榮的臉色變了變。「哼，要不是——」

這個女子竟是如此態度，著實讓人生氣。

「我錯了，那賠禮道歉如何，不知道戴大人能否賞臉？」

「既然好好誠心相邀，本少爺也不好推卻。」說著，他慢悠悠地跟在她身邊，半抬著下巴、一本正經的樣子，看得她好笑不已。

「這家聽說不錯，咱們上三樓，正好可以看見廣場，你覺得如何？」柳好好指著面前這個豪華酒樓，裡面人來人往，好不熱鬧，估計生意還不錯。

「還行吧。」戴榮說著，大跨步地走進去。

柳好好把一錠銀子放在小二的手中。「再給我來兩碟點心，剩下的就當你的打賞了。」

「出手這麼大方，看來這錢是掙不少啊！」戴榮涼涼地說。

「反正比你的俸祿多，羨慕嗎？」柳好好知道他很忙，也沒多說什麼。「開過春就能下種了，你要不要幫忙？」

「要。」

戴榮對於糧食增產這件事十分慎重，畢竟若是糧食生產的確有好好說的那麼多的話，他一定要盡力推廣。

「放心，我一定會給妳應有的報酬。」他哼了哼。「不會讓妳白忙的。」

柳好好看著他彆扭的樣子，笑了笑。「當然，我可不會客氣的。」

戴榮不高興地瞪過去，這丫頭怎麼說話的呢，他就算俸祿不高但是還有家族支撐呢，這根本就是小瞧了自己。

幾個人在這裡聊著，就聽到下面一陣吵雜，幾個人伸頭看了看，就見酒樓大堂之中，一群人在那裡不知道說著什麼，看上去頗為熱鬧。

「小二，那邊在幹什麼？」店小二端菜上來的時候，柳好好問。

「回客官，今兒是元宵呢，聽說咱們這的知府要過來看表演，這不是有些學子想要得到知府大人的指點指點？畢竟開春就要科考了，大家都緊張呢。」

聞言，柳好好立刻看向弟弟。「對啊，你要不要知府大人指導一下？」

戴榮輕笑，慢悠悠地說道：「知府大人豈是那麼好見的？」

「也是，不知道知府大人接不接受賄賂，這樣咱們也可以準備準備。」柳好好認真道：「這個知府大人是不是那種黑心腸的，為了錢什麼都敢做的？我覺得他肯定是一個肥頭大腦的壞傢伙。」

戴榮那個氣啊，一雙眼睛都要瞪圓了，偏偏卻反駁不出什麼話來。

「妳……哼！」

「哼哼唧唧啊，看來咱們這知府大人只會這一句。」

不知道為什麼，只要遇到柳好好，戴榮就覺得自己的心裡沒有平順過，常常堵得慌。

「姐，妳別這樣和戴大哥說話。」

「行，我不說，不過戴大哥說實話，我弟弟開春過後也要去考試，你看能不能幫幫忙？」

戴榮也沒有扭捏，點點頭。「若是文遠能夠高中，也算是咱們鳳城縣的一件喜事。」

「多謝戴大哥。」

戴榮笑了笑，看著柳文遠。「畢竟你我也是同一個書院走出來了，而且你叫我一聲大哥，總得拿出大哥的樣子來。」

可眼角的餘光看到柳好好那笑彎了的眼睛，他呼吸微微一滯，只覺得一股莫名的情緒湧上來。

感覺到柳好好的視線突然看過來，他趕緊低頭將心中這股異樣給壓下去。

「對了，時間不早了，你要不要過去啊？」到處都在宣傳知府大人要過來，今天的人才會特別多。

「等會兒的。」

等到吃完飯，時間也不早了，戴榮想要和他們多待一起都不行，非走不可。

「姐，妳覺得戴大哥如何？」

柳好好不明白弟弟這是什麼意思，想了想，只道：「是個好人，除了人比較驕傲、口是心非之外，還是不錯的。但是這種口是心非的性子並不討喜，你要知道與人相處，很多人並不喜歡猜心思的。除非時間長久、足夠認識這個人了，才會忍受這種壞脾氣吧！」

柳好好覺得自己真的是太善良了，這樣一個臭脾氣的傢伙都能跟自己成為朋友，默默地為自己點個讚。

殊不知，柳文遠卻是在心裡默默地為戴榮點了蠟。

玩了一夜，他們在縣城休息了一晚之後便回了柳家村。

正月一過，便是要忙碌的時候。今年年冬雪大雨水足，山上的植物長得都非常好，連帶著讓柳好好的心情也變好了。

「東家！」忙碌的一群人一看到柳好好，都露出了笑容。

「嗯，忙著呢？」

「是啊，東家，我們在給這些樹苗澆澆水，修剪修剪。」

別看這些樹長得不起眼，但是修剪之後身價立刻就上去了。

柳好好一邊巡著一邊吃著點心。說起來春娘和二丫的手藝現在真的好，自己為數不多的點心方子都交給她們了，結果兩個人帶著幾個小丫頭這麼搗鼓搗鼓，已經融會貫通做了好多種點心。

這也就是為什麼她有了開一間點心鋪子的想法，畢竟這麼好的東西不拿出來賺錢對不起自己啊！

「哎喲，東家您在想什麼呢？」

匆忙出來的春娘被撞得差點坐在地上，看著東家手裡的點心掉到地上了，嚇了一跳。

「沒事吧？東家。」

柳好好看著地上的東西，拍拍手。「春娘，有件事要找妳。對了，二丫呢？」

「她在廚房。」

「行，正好我找妳們有事情，走吧。」她一說就動身，春娘不明所以地跟在後面。實在是不知道為什麼東家這麼著急，但是看樣子，東家肯定又想到了什麼，她只能追上去。

「二丫，在做什麼呢？」

「這個玫瑰糕點剛剛放上去蒸，我調整了一下糖的量，不知道好不好吃。」

「行，過來咱們說說話。」

春娘和二丫對視一眼，來到她面前，一臉疑惑。「東家，什麼事？」

「是這樣的……」柳好好把自己想開點心鋪子的念頭跟她們說了一遍，然後期待地問道：「有沒有什麼問題？」

「東家，您是說讓我和春娘打理一個鋪子？」

二丫嚥了嚥口水，有些不敢相信。作為一個丫鬟，能夠吃飽飯，不要天天挨打就是自己最大的夢想了，可是自從跟著東家之後不但沒有挨打捱餓，反而還過上了好日子，嫁了個好丈夫，現在東家竟然還要給她開一個鋪子！

「是，鋪子的管理和東西由妳們自己準備，賺的錢我抽四成，剩下的妳們一人三成。」

「不不不，東家給我們點工錢就行了，不用這麼多的。」二丫和春娘趕緊表示。這鋪子是東家給的，他們是東家的人，怎麼也不應該再要這麼多。

柳好好看了兩人一眼，笑了。「開店鋪不是那麼簡單，春娘能說會看人，適合管理鋪子；二丫稍微木訥一點，但是手藝好，可以做點心師傅。兩個人都是不可缺少的，所以妳們倆的錢均分。也別說什麼只要點工錢，付出了就要有回報，妳們賣得越多，我也掙錢妳們也掙錢。怎麼樣，要不要試試？」

試試就試試，若是可以，誰不想幹一番事業出來，看看東家現在不也是風生水起？她們做不來東家這麼大的，但也可以把這個店鋪開起來啊！

說幹就幹，兩天後，柳好好帶著她們直接就往縣城過去。

她為了開點心鋪子，也是忙得腳不沾地，並且隨著時間的推移，花卉樹苗也開始要修剪什麼的，真的是十隻手都忙不過來。

這天，在柳好好剛把鋪子的裝潢圖紙畫好之後，家裡忽然出現了四個人。

辛一楠站在她前面。「東家。」

「一楠，這幾個人是……」

「都是我兄弟，分別是木一、木二、金三、水四。」

這是姓名?!這樣古怪的名字，說得好像不知道他們是侍衛似的。

「他們以後就給東家用了。」

辛一楠沒有多解釋，態度卻表示這四個人以後就是柳好好的侍衛，一切都以她的命令為準。

「這樣啊，我知道了。」

這樣的人一看就是大家族訓練出來的，辛一楠的家族的確是有點底蘊，只是這幾個人到底是從什麼地方來的？

她莫名其妙地想到了宮翎。

真的是這個傢伙嗎？可是宮翎不是失憶嗎？又怎麼能調動這些人？不過也許是這些人對他忠心耿耿，才會誓死聽命於他？

柳好好倒也沒有繼續追問下去。既然辛一楠說這些人可用，那麼她就相信。

「金三、水四，你們兩個跟著我弟弟。之後他要去京城趕考，我需要有人保護他。」

「是。」

「木一、木二，你們還有辛一楠都是跟著我。」

「是！」

「我最近很忙，常常出門，你們也別表現得這麼駭人，畢竟我只是個商人。」

幾人猶豫了下，點點頭，挺直的後背微微有些彎曲，氣勢就變了。

柳好好見他們回話的模樣，完全肯定這些傢伙絕對是長期訓練出來的。她眸光動了動，轉頭看著辛一楠，見他一臉平靜的模樣，便將所有的疑惑給壓下去了。

第六十五章

柳好好一旦忙起來，是早晚都看不見人影。家裡的春娘和二丫也被帶走了，李美麗得知她們準備開店鋪的時候，給了最大的支持。

鳳城縣內，柳好好帶著裝潢的人馬說：「不要太複雜，簡單點就好，但是一定要溫馨……對，這邊弄個雕花鏤空的窗，還有這邊，我們需要弄一個櫃檯……」柳好好一邊說著一邊指揮，然後默默在心裡遺憾這個時代還沒有玻璃，不然更好。

「春娘，妳們拿著這些花樣去訂一些包裝紙，再訂一些精緻的盒子。對了，二丫妳去幾個糧食鋪子看看，對比品質和價錢，我們不能用差的東西，必須好的。」

「明白的，東家。」

忙了一段時間下來，春娘看著漸漸有了雛形的店鋪，覺得自己渾身都是勁兒。

「東家，咱們這個鋪子叫什麼名字？」

「名字？」柳好好還真的沒有想過，轉而問道：「妳們有沒有想過？」

「沒有啊，就等著東家想呢。」

她摸著下巴想了想。「一點紅吧！咱們是『萬綠叢中一點紅』，要麼不做，要做就做最好的！」

她這副眉飛色舞的模樣，就這麼落入了剛進門的戴榮眼中，心臟突地跳起來。

站在他旁邊的是主簿官章太炎，看著戴榮的表情，頓時樂了起來。

這個姑娘不就是那個柳好好麼？嗯，雖然穿著男裝，但是他也認出來了。畢竟這個姑娘長得實在是太好看了，哪有這麼眉清目秀的小哥？

「好好。」戴榮喊她。

柳好好回頭，見到他們站在那裡，有些意外。「戴大哥，怎麼來了？」

戴榮倨傲地抬著下巴。「不能來？」

「怎麼會，當然可以。」

對於戴榮這種態度，她一點都不在意，笑了笑。「這裡實在是太亂了，你們過來都沒有地方給你們坐，真是不好意思。是有什麼事嗎？今天有點忙，您看……」

柳好好忙得腳不沾地，有些不好意思，不過看著他欲言又止的模樣，也猜到怎麼回事。她想了想。「春娘，這邊妳暫時看著，有什麼事就去玉華樓找我。」

「好的，東家，放心吧。」

她帶著兩人來到玉華樓。木二始終跟在她的身邊，坐在包廂的時候，木二則是低調地站在一邊。突然出現一個陌生面孔，戴榮警惕地看了兩眼，發現對方似乎是柳好好的護衛，便收回視線。

「你們是為了糧食種植的問題？」

「柳掌櫃果然是玲瓏之人，的確是。」跟在戴榮身邊的章太炎笑了笑。「在下章太炎。」

「你們想要我做什麼？」

「我們知曉大人從妳手中拿到了幾種糧食的種子，其中幾樣是我們認識的，但是我不明白為什麼妳說的番薯的產量會翻倍，還有馬鈴薯是怎麼種植，又是如何吃？」

柳好好點點頭。「行，這兩天我的事情也忙得差不多，走吧。」

戴榮見狀，有些彆扭地說道：「不著急，妳……太累了。」

「沒事。」

柳好好沒注意他的異樣，帶了兩人回了柳家村的田裡，一路認真地介紹道：「要想產量高的話，糧種一定要選飽滿、表皮光滑的。看到這裡沒有，這裡是芽，咱們把番薯切成一小塊一小塊，但是每一塊都要留一個芽頭。」

說著，她指揮人把這些番薯的種子給切開。

「紅薯的土也有點講究，這土太硬了，下點雨之後就會硬邦邦的，不適合。最好是在土裡加點細沙，讓土鬆軟起來。埋下去不能太深，也不能太淺，大概這麼深。」她比劃了一下。「最近的氣溫還是太低了點，你們最好弄點稻草稈放在上面保溫，這樣發苗會快點。對了，到時候還要注意，若是有的地方沒有長出苗，你們就要及時補上去。之後的田間管理就不用我說了吧？至於土豆和番薯差不多。」

柳好好帶著他們在田間勞作，講解得十分仔細，絲毫不怕田間的泥土。

寒冬剛過，雖然已經有了新綠，但氣溫仍低。看著柳好好很快就凍得紅通通的手指，戴榮的心裡有些不是滋味，總覺得這樣的活兒不應該是她做的，但看著她這麼熟練，又覺得她這麼多年都是這樣過來的，只怕不知道吃了多少苦，有些欽佩。

「好了，這是應該做的。」她笑了笑。「說實話，最好再推遲半個月開始，你們也可以把這些放在地窖裡，發芽會快點。還有什麼問題嗎？」

「沒了。沒想到柳姑娘對於種地這一塊，竟然有這麼大的研究呢！」

「畢竟是靠田地才有收成，不然的話哪兒能活下來。」她也不介意，繼續說道：「其實在土裡加點草木灰，番薯會長得更大。」

「好好好，真是太謝謝了。」章太炎十分高興，沒想到這個女子竟然會教授這麼多的學問，不由自主想要多誇讚幾句。

「以後肯定會越來越好的。」

戴榮和章太炎看著她，不知道為什麼她竟能如此篤定。不過想著這番薯在她的手中都能夠有這麼高的產量，也許以後真的說不定呢。

幾人結束之後又用了飯，這才各自分開。

柳好好辦事效率高，鋪子裝潢好了之後，便讓二丫她們開始試營業，並仿照現代的一些經營方針，告訴春娘一些小技巧。

「啊，為什麼辦卡這麼便宜，我們豈不是吃虧了？」

首先是辦卡之後儲值十兩銀子，當天所買的點心都是八折，以後買點心的時候則是九折。儲值二十兩銀子是當天點心七折，以後便是八點五折。三十兩的話，當天是六點五折，以後是八折……儲值越多，折扣越大。

第二，不充值的顧客一次購買五兩銀子的點心，就會送一塊芙蓉糕，十兩送四塊紫薯餅，十五兩送四塊椰汁糕……

第三，凡是本店的會員，推出新品的時候一律買一送一。

看著這個辦法，二丫覺得心好痛，有些不理解，春娘也是百思不得其解。這不是吃虧了嗎？她們賺的可就少了。

「傻姑娘。」柳好好笑了笑，道：「妳要知道，一個店的生意必須要有長久穩定的買家，才能做下去對不對？妳們能保證以後不會有比咱們做得好的人出現嗎？可妳們想想，咱們雖然打折，賺得少了點，但是一旦成為會員的話，那麼他們捨不得那存在這裡的錢，肯定會到咱們這邊買便宜的，妳說對不對？」

「對啊。」兩人點點頭。

「而且若是咱們再來個活動的話，他們會不會買買買？雖然看來咱們賺得少了點，但是只要賣得越多，咱們賺得越多。」

春娘一下子就反應過來了，終於知道東家的意思，興奮地看著柳好好。「東家，您真的是太狡猾了！」

「行了，咱們試營業半個月。這半個月的時間內，妳們主要就是打響名氣，最大限度地拉客戶儲值知道嗎？」

「明白的！」

開春了，氣溫越來越高，山上已經是一片綠意。

柳家村也熱鬧起來，隨著時間過去，大家賺的錢多了，但說起來還是土生土長的農民，最安心的生活方式就是靠土地。

所以，一開春就有人找到村長，想要劃一些土地開荒。

柳好好想了想，也跑到村長家準備開荒。

「開荒？」

大慶國有關於土地的律法，只要是自己開荒者，交滿三年賦稅之後，土地便是屬於你的了；以後也是要交稅的，但會少一點。

別以為交三年開荒稅很高，要是和買田比起來，那就算很少了。

所以，只要有力氣的還是願意去開荒。但是有錢的還是喜歡買地，畢竟已經開出來了的田地不需要花費太多精力。所以現在看到柳好好竟然要開荒，村長有些不敢相信。

「是啊，家裡那麼多人要吃飯，窮了，我覺得還是有片田比較安心一點。」

聞言，村長家的小兒子差點眼珠子都要翻出來了。柳好好要是窮的話，他們就叫一貧如洗了。

「之前送了點糧食到西北那邊，一下子沒啦！」說著，她還誇張地攤開手。「現在我得多賺錢，村長爺爺，你看我養了那麼多人，總得找點事幹，不然真的飯都吃不了了。」

村長無奈地點點頭。「行，咱們村什麼不多，就是荒地多，妳看上哪裡了？」

「可以隨便我選啊？」

「行，明天要是有時間的話，我們就去村附近轉轉，妳看上哪裡就說。」

「好。」

柳好好心滿意足地離開村長家，從家裡帶來的兩刀肉還有兩隻雞則躺在村長家了。

柳好好要開荒，這個消息很快就在村子裡傳開了，大家覺得有些不敢相信，但是轉頭一想，他們家也就是在地裡發財的，這樣開荒肯定是又要做大生意了。

第二天，她帶著辛一楠和周夢洋去村長家準備開荒包地，卻發現村長家門口已經站了不少人了，看樣子，似乎都是為了劃地而來。

「好好啊，聽說妳也想圈點荒地啊？」

「對，我家裡人不是越來越多了嗎？光靠山上拿點東西，收入太少了，我覺得還是自給自足得好，這不是地少了點，就想弄點荒地來種點東西。」

「這樣啊，那妳看中了哪塊地啊？」

柳好好笑了笑。「我也不知道，到時候看吧，反正我不懂。」

呵呵，大家在心裡笑了起來，這丫頭要是不懂的話，那還有誰懂啊？

柳好好只是笑了笑，對於大家的打探也沒有什麼好說的，畢竟這些人都覺得她賺了很多錢，眼紅著呢，可那又怎麼樣，賺錢看本事啊！

村長拿著小本子走出來，身後跟著兩個兒子，一人手中拿著一根繩子，看上去是用來標記的。

「先看哪裡？」

柳好好其實有兩個屬意的地點，一個是小河周圍的荒地，因為小河容易氾濫，很多人不願意靠近，周圍的荒草都齊腰了；但是她知道，只要把河給清理一下，河道稍微整理一下，那邊的土地還是十分肥沃的。

一個就是她的苗圃附近，這樣的話自己的土地都連一起，方便管理。不過還是得看村長的意思。

「好，大家不要著急啊。」村長看了看。「咱們村呢，有三個地方荒地最多。河邊，山腳，還有就是村西頭。你們都準備包荒地，所以有沒有看中的地方？」

話音剛落，就有不少人看著柳好好，目光怎麼看都帶著一股別樣的意思。

「要不，好好妳先選？」

「那行吧。村長爺爺，我想到河邊看看。」

只要注意雨季氾濫，其實在這裡種植水稻簡直完美，水源近不說，土地還十分肥沃。

「好，去看看。」

果然，這邊連草長得都是這麼好，柳好好一下子就眼饞了。「村長，我想——」

「村長，我想在河邊要個十畝地！」突然有人大聲地喊道。

立刻又有人喊道：「村長，我也想在這裡劃個十畝地！」

「二十畝！」

「我、我想要二十畝！」

柳好好看著這些爭先恐後的人，一口氣壓在胸腔，差點憋死。敢情大家是這個意思呢！

她也沒說話。這些人見她想要就想搶，但是他們會修河道嗎？會防水災嗎……真是沒意思透了。

「好好，這……」

「村長，這可不對啊，咱們先選的。」

「這荒地可是誰看到了就是誰的啊！」

「夠了。」

村長怎麼可能不知道這些人的想法呢，定然是覺得他能從中得到好處，以為自己把好的地方給了好好，也不看看這麼多年來，這裡有人開荒嗎？

現在好好想要把這塊荒地給開出來，一個個的便以為裡面有寶藏呢！

他氣得臉色都有些發紅，冷笑一聲。「好，可以啊，你們有誰要這裡的地，站出來，我要看看你們要多少。」

此言一出，眾人的臉色也有些尷尬。

柳好好雖說無所謂，但是看著這些人的模樣，也覺得有些噁心。

「村長爺爺，既然大家這麼喜歡，就給他們吧。我今天還有事，就讓各位叔叔伯伯們先選，等他們選好了我再來，我不著急的。」

說完，她帶著人就走了。

剩下的村民面面相覷，同時覺得臉有些疼。

村長見他們這樣，嘆口氣。「你們這是在逼著好好和我們離心呢……」

第六十六章

眾人一聽，有幾個頭腦清楚的便開口道：「村長，要不這塊地就給好好唄？」

「憑啥？明明是我先看中的！」

可村民柳國良的媳婦就不樂意了。就算好好不高興那又怎麼樣，他們現在又不靠好好過日子；再說了好好也是柳家村的人，就算走也離不開柳家村，有什麼好擔心的？

不得不說，這個想法也有不少人認同。

村長見他們這樣，心中更是恨鐵不成鋼。難怪好好可以做這麼大的生意，而他們的小作坊只能賺那麼點。

「好吧，既然你們看中了，準備劃哪裡？」

於是，大家七嘴八舌地說起來，村長指揮著兩個兒子給他們丈量，一上午什麼話都沒有說。而幾人見村長的臉色實在是不好看，便什麼都沒說，靜靜地站在那裡。

等到忙好了之後，那些得到地的人歡天喜地地離開了，而其他人才圍著村長。

「村長，好好是不是生氣了？她……」

有的人其實也覺得柳國良媳婦說得對。「咱們現在不需要靠好好啊，為啥處處讓著她？」

村長氣不打一處來，冷冷哼道：「什麼叫做讓著她？這塊地在之前有人要嗎？好好說了給你們先選吧，又是你們說要讓她先選；等好好選了你們又開始搶，這不是欺負人家好好是個孩子，好說話嗎？」

說完，其他幾個人的臉上都有些發熱。

「好好不計較，那是她乖，若是真的要和你們計較，你們覺得自己有多大能耐贏過她身邊的那些漢子？」

想到那些壯實的漢子，村民們紛紛噤聲。柳家村現在來了一大批外來的漢子，這些人都聽好好的，若是打起來，村民肯定不是對手。

眾人不說話，但是還有人疑惑地問道：「那咱們也不能處處都讓著啊？」

「你們讓了嗎？」村長有些不耐煩。「從一開始都是好好讓著你們好不好？」

眾人沈默了。

「欸……你們啊！」村長搖搖頭，滿心都是失望。「雖然咱們現在的日子過得還算不錯，但是做人總是要學會感恩吧！就算沒有讓你們處處讓著好好，但是也不能處處為難吧？」

回到家，村長還是滿臉憂愁。

「爹，你怕好好會和我們劃清關係嗎？」

「好好不會的，她是個好孩子。」村長幽幽道。

「那您……」

「做人不應該是這樣的，你知道嗎？做人不應該啊……」村長畢竟幾十年過來了，見過的也多，自然知道人性醜惡。

管理這個村子，很辛苦，但是看著他們一天比一天好，也就滿足了。可是好日子有了，人心卻越來越貪了，這可就不好了。

「爹，別想了，我去和好好說說話。」

「你想說啥，讓好好不要放在心上？」村長瞪圓了眼睛看過去，轉而想了想。「算了，我去吧。」

才到家一會兒，村長就過來了。柳好好轉念一想便知道怎麼回事。

村長的臉上滿是風霜，雖然日子好過，但是操心的事情更多了，壓力也大，眉頭越皺越深。想想這位為了村子的發展殫精竭慮，也讓人佩服。

「好好啊！」

「您坐，忙了一上午，怎麼過來了，難不成出事了？」

「欸，那些人……真的想要狠狠地揍一頓啊，怎麼頭腦這麼不清楚呢！」村長嘆口氣搖搖頭，整個人有些無精打采。

「這個啊，那就打唄。」柳好好笑了笑。「您是村長，您打他們，他們定然要受著。」

「哈哈，對，就是這個理。」村長哈哈一笑，見柳好好沒有鬱色，才放緩了心情。「委屈妳了。」

「沒事，村長爺爺別擔心，讓村裡人先挑吧，我再挑。」她笑了笑。「總歸一個村子的，無傷大雅的事情我也不會在意。只要不過分，沒關係的。」

「妳放心吧，這些人雖然有些貪，但還不至於做什麼大奸大惡的壞事。只是妳知道，大家都窮怕了。」

柳好好笑了笑，沒有接話。

窮怕了，現在不是有機會賺錢嗎？可是這些人不願意幹活，倒是把眼睛放在她身上了。

等到村長走了之後，她臉上的表情就淡了下來。

「好好。」趙掌櫃不知道什麼時候站在她身邊，低低喊了一聲。

「爹？」

趙掌櫃坐在她旁邊的椅子上，給自己倒了一杯茶，喝了起來。「別想那麼多，這些人一輩子就在小村子裡，見識少眼皮子淺，這些心思根深蒂固了，在任何地方，妳都會遇到這樣的人。不要放在心上，否則就會被這些小事牽絆，停滯不前。」

趙掌櫃這是特地來囑咐她的呢。

「爹，我知道的。」

「好好聰慧。」趙掌櫃又緩緩喝了口茶。「雖說吃虧是福，但是這個虧也只是一個度，若是有人超過這個度，那就要狠狠地揍回去。絕不能手軟。」

「我知道的。」

趙掌櫃總以為她年紀小，遇到這樣的事情一時轉不過彎，被鄉裡鄉親給傷心了，自然想安慰她。

柳好好注意到趙掌櫃一臉擔憂地看著自己，便知道他是想岔了。「我沒事的，真的。」

趙掌櫃見她真的沒有什麼難受的地方，點點頭。「那就好。做大生意的人，不能把眼光局限在這裡。」

兩個人又談了幾句之後，便將此事放下。

柳好好之後買的百畝荒地，交給周夢洋去打理，必須在春種的時候把荒地給開出來，這就比較趕了。

為什麼買這麼多地？因為周夢洋這些退伍大兵們的戶籍還沒有落在柳家村，根據律法，他們需要有自己的地，並且由村長和這裡德高望重的人同意，才能把戶籍落過來。

柳好好已經打算好了，在這約莫三十個大兵之中，準備給幾戶人家一些地，讓他們成為真正柳家村的人。

「姐，這樣是不是太好了點？」柳文遠聽她這麼說，有些擔憂，畢竟人心不足蛇吞象。

「沒事。」柳好好笑了笑。「即使幾塊地而已，對於我來說，他們並不是僕人，只是幫我幹活的人，人人平等，我沒有權力抓著他們的戶籍不放。再說了，用人也不能一味用威壓，獎勵也是必須的。」

柳文遠自然知道，其實只要他們有心，早就可以從村長的手中要荒地了，到時候開墾出來再交幾年的稅錢，輕而易舉也能落戶籍。只是這些大兵們行伍出身，忠心都是刻在骨子裡，才會一直默默地替她幹活。

她不能視而不見。

對於姐姐的意思，柳文遠若有所思。也是，就算這些人有異心，不過只是幾畝地而已，能翻出什麼水花來？

「姐，再過十天我就要出門了。」

聞言，柳好好是真捨不得了。「欸，我想陪你一起去，但是你知道的，我……走不開。」

「我知道的姐姐，我沒事，而且妳還給了我兩個隨從，很安全了。」

柳文遠笑了笑。十四歲的他眉眼已經長開了，眉眼清秀，一雙眸子眼尾微微上揚，不經意看過來的時候，帶著幾分顧盼生輝。

既然弟弟想要儘快到京城，柳好好自然也不耽誤了，開始指揮著人開荒，然後把家裡存著的種子拿出來。

「把那些雜草鋪到一邊，曬乾之後給焚燒掉，草木灰還能當做養料。地裡的土必須給翻過來，讓太陽好好曬曬，除了土裡的蟲卵。」

她甚至還讓人把肥料揉到土裡，殺死蟲卵。要知道以現在這個條件，根本沒有殺蟲劑，好在村裡的胡大夫是個配藥高手，她就天天纏著老大夫，終於弄出點殺蟲劑來，被她當做了寶貝。

「喲，好好，妳這是幹什麼呢？」

柳好好回頭，就見一個中年女人笑咪咪地看著自己。是柳國良家的。

「好好，這是什麼？」

柳國良的媳婦走過來，看著柳好好指揮著人把黑乎乎的東西灑在了田裡，覺得好奇的同時又莫名覺得這個是好東西，不由得有些蠢蠢欲動。

在她眼中，柳好好的東西都是好東西，不然為什麼她的番薯產量比別人多，水稻更是沈甸甸的讓人眼饞呢？

對，一定是好東西！

「這個？」

「對啊，我以前怎麼沒有見過別人灑這些東西，這是……」

「殺蟲劑。」

柳好好也不在意。雖然殺蟲劑難做，但是不代表做不出來，藥材也好找，但是就是有些貴，尋常人肯定是捨不得的。

「殺蟲劑？」柳蘇氏有些詫異，好奇問道：「這個有什麼用？」

柳好好微微一笑。「這土裡有蟲子啊，很多蟲子會吃糧食的，所以我們經常看到了番薯都被啃得七七八八的。」

「原來是這樣啊。這好東西，我也得弄點回去，好——」

「可以啊，我是從胡大夫那邊買的。」還沒有等她說完，柳好好笑咪咪地開口了。「這一包大概就要三兩銀子。」

「啊？」柳蘇氏吃了一驚，沒想到這些黑色的藥粉竟然這麼貴。「是、是嗎？」

「是啊，我也心疼啊，可是這不是荒地嗎？不弄點藥粉，我怕這一年下來沒有啥收成。有捨才有得啊。」柳好好依然笑咪咪的，讓人把藥粉泡在水裡，往地面灑去。

一袋藥粉只能用三、四畝地，她光是藥劑的費用就要好幾十兩銀子。

「是嗎？」柳蘇氏訕訕地笑了笑，目光盯著那殺蟲劑。「那個……我覺得只要勤快點，其實也不需要花這麼大的代價。」

「對啊，我這不是地多嗎？」柳好好依然乖巧地笑了笑，這張臉長得好看，笑起來帶著幾分純真，看得柳蘇氏的臉都紅了。

「那……那我回去和孩子他爹說說。」

「嗯，想來國良叔家的地一定非常好。」

看著對方倉皇離開的背影，她也沒有在意。當然知道對方打什麼主意，當初圈地的時候，這位可是最先出聲的呢，大概在她的眼中，自己的東西都是好的，不管什麼作用，先弄點回去再說。

真是……

柳好好搖搖頭，讓人把殺蟲劑均勻地灑在土裡，自己則到大棚裡開始折騰花花草草。春天來了，大棚裡的東西也是長得最快的時候，白蘭現在還沒有穩定，得注意點。

忙完了這邊，她又回家去商量事情。

「爹，我和你商量件事情。」

「什麼事？」

「過陣子這春種下去之後，我準備上京去看看。」

「那……這裡怎麼辦？」

這是最麻煩的事情，這時代沒有火車沒有飛機，連汽車都沒有，她花棚裡的花花草草也帶不走，不過……

「這裡都是跟著我好幾年的人，花花草草打理起來也是會的。爹，至於生意這一塊就靠你了。」

趙掌櫃沒好氣地笑了笑。「原來打這個主意呢！妳爹我還準備好好地休息休息呢，怎麼可以這樣。」

「三個月，最多三個月，不，最多五個月，我就回來。」說著，柳好好還抱著他的胳膊撒嬌，簡直什麼手段都用上了。

被她這麼一哄還有什麼好說的呢，趙掌櫃只能暈暈乎乎地答應下來，不過還不至於完全迷糊。「妳啊，還是要培養幾個好手，不然爹老了，也幫不了什麼。」

「爹，這一方面您比我懂得多，您看……」

趙掌櫃似笑非笑。「怎麼，又想壓榨妳爹？」

「爹，您幫著培養一批人不成麼？以後都會用上的。爹，幫幫我唄，其他人又不可信，您幫幫我唄，不然我告訴娘去！」

「什麼要告訴我？」

正說著呢，李美麗就走出來了，看到柳好好正在「威脅」趙掌櫃，笑了笑問道：「說吧。」

趙掌櫃哪還敢裝腔作勢啊，趕緊走到夫人面前，討好地笑了笑。「沒有什麼大事，就是好好讓我幫她物色幾個可以獨當一面的人，這不我剛想答應呢。」

李美麗迎著他哀怨的眼神，笑了笑。「辛苦你了。」

「不辛苦，不辛苦。」

趙掌櫃也樂呵呵的，一家人在一起說說笑笑，這種安靜溫馨的日子，其實不就是最好的生活？

但幾天後，看著幾百個花盆擺在家裡，趙掌櫃有些意外。「妳弄這麼多花盆幹什麼？」奇形怪狀、各種各樣的都有，一點都不適合栽種。

「我準備做盆景啊。」

「盆景？」

「是啊。」柳好好賣了個關子，笑得神秘。

趙掌櫃知道這個孩子鬼靈精，總是有各種古怪想法，也不擔心，說不定是這孩子又想到了什麼。

第六十七章

柳文遠過兩天就要走了，她準備給弟弟帶點新奇的東西過去，也算是為他打點打點。

柳好好走了好些店鋪，找了些精緻的手工人偶，還讓人用黏土、木頭等等做了些小玩意，有小動物、小房子還有柵欄。當這些東西送過來的時候，大家都吃了一驚。

「哇，東家，這好漂亮啊！」

家裡的小丫鬟拿著小兔子、小公雞娃娃愛不釋手，小廝們則對那些小房子非常感興趣。

「這些東西有什麼用？」趙掌櫃也十分好奇，實在是這些小玩意做得唯妙唯肖。

「當然有用了，能賣錢啊。」

「賣錢？」

大家都好奇，實在是不知道這些小東西怎麼賣錢。

柳好好笑咪咪的。「看我的吧！」

在大家不解的眼神之中，她又從苗圃當中挖了棵小松樹，拿著剪子迅速修剪枝葉。很快，在她的剪刀下，這棵松樹呈現出一種別樣的美感，再種入盆栽中。

柳好好挑選了一對小人兒，加上一棟房子，放在盆栽上。眾人一看，全部都吃了一驚，因為簡簡單單的一棵樹現在竟然成為了一處縮小的風景！

小小的人兒似乎在嬉戲，不遠處，一座小房子精緻無比，旁邊還有一隻雞，好一副田園嬉戲的景色。

「妙，妙啊！」趙掌櫃激動地拍手。「沒想到竟然還能夠這樣做，真是妙極了！好好，妳這個腦袋瓜子到底藏了多少讓人驚嘆的主意！」

柳好好有些不好意思，其實這盆景在後世到處可見，她只是比別人多了幾分見識，至於新穎，根本就不存在的。

「爹，你覺得這可以賣錢嗎？」

「當然、當然，不說這松樹多少錢，就這裡的趣味也是讓人回味無窮的。」他笑了起來。「難怪妳之前特地栽種了一些矮小的樹木，原來竟然用在這裡。」

那些植物不僅矮小，她還特地讓人用堅韌的繩子綁著，扭成了各種各樣的形狀，現在看來配上這些奇趣的小玩意，瞬間就多了味道啊！

「那就好，我準備先拿去鳳城縣試試。」

柳好好立刻做了兩個盆景，讓人送到鳳城縣的柳芳閣裡，還讓文遠給這兩個盆景取了個雅致的名字：「高山流水」、「源遠流長」。

雖然大家都覺得能夠大賣，但是在沒有賣出去之前，總有些忐忑的。

「東家！」

這日，小廝小豆子奔進大堂，臉色激動得都發紅了，一臉都是汗，估計是好消息。

「東家，您是不知道啊，咱們家的那個盆景很受歡迎的！」

小豆子的眼睛都亮了。開玩笑，那一棵松樹加上花盆還有各種小玩意，成本也沒有一兩銀子啊，竟然就賣了五十兩！

「縣城的掌櫃的說了，咱們的盆景很多人都想要訂一份。」

其實賣出去對柳好好來說是意料之中的事情，就像小豆子想的那樣，一兩銀子賣出去五十兩，對於這個價錢她還是滿意的。只是……

她想了想。「不，這盆景我們一個月只能出兩盆。」

「為什麼？東家若是不趁著這個機會的話，到時候肯定會被其他家模仿的，那我們豈不是損失了一大筆錢？」

柳好好笑了笑，看著小豆子一臉不解，旁邊另一個小廝也點頭，好像她就是一個傻子似的，有錢不賺。

可被人模仿是遲早的事情，她也知道。

「其實這種東西我今天賣出去之後，說不定明天就會有人模仿，根本就是禁止不了的。可咱們柳芳閣出去的東西一定要是最好的，所以咱們不走量，走的就是精品。」

說著，她笑了笑，伸出手捏了捏小豆子的臉。「慢慢來吧，總不能一口吃成胖子，再說這麼大的市場也不可能是咱們一家的。」

趙掌櫃在一邊聽著，對她的言論十分感興趣。

的確，很多做生意的人都喜歡一家獨大，但是真正能夠一家獨大的並不多。就像好好說的，買東西的人那麼多，不可能一家店鋪就把所有的客人給吸引過去。有時候，有點銀錢的家庭，寧願跑得遠點也不願意買自己不喜歡的。

再說了，她並沒有獨占市場的想法，但是不代表別人家沒有；若是自己的盆景賣得太好，引來了其他人的覬覦，可就不好了。

「好好，妳有想法，我就放心了。」他毫無保留地表示信任。

「就一個月兩盆。」柳好好晃了晃腦袋，笑了起來。「既然走的是高端路線，咱們的東西總是要有一個憑證的，別到時候有人故意整咱們就不好了。」

「準備怎麼做？」

「寫憑據啊！」她晃了晃手中的玉章，笑了起來。「我早就想好了，到時候賣出去一盆，我們就寫一張憑據，一式兩份，就和契約差不多。然後彼此簽上姓名，蓋上咱們柳芳閣的章，還有我的私章。」

這樣一來，其他店鋪想要模仿都不行，更別說什麼想要拿次等的貨去冒充柳芳閣的貨了。

「不僅如此，我們每一個盆景都有自己的名牌，上面寫著名字、植物的介紹和保養事宜。」

趙掌櫃一邊聽一邊點頭。好東西的確會有很多人買，這樣萬無一失的辦法真的是不錯的。

兩天後，柳好好目送弟弟坐上馬車，木一是車夫，木二單獨騎馬，明德這個貼身小廝則跟著上了馬車。

「欸……」

看著馬車慢慢駛遠了，她長長地吐出一口氣來，總覺得有些不安心。這種心情讓她焦慮地在家裡走來走去，新來的兩個小丫鬟也不知道怎麼安慰她，便也跟在後面走來走去。

趙掌櫃剛哄好娘子休息之後，出來見到的就是柳好好走在前面，身後跟著兩個小丫頭，三人在大廳裡轉來轉去，讓人發笑。

「怎麼了，文遠這才剛走就這麼緊張？」

「爹，我就是有些擔心，總覺得文遠還是個小孩子。」

「的確是個小孩子。」趙掌櫃笑了笑，看著柳好好緊張的模樣，語重心長地說道：「但也是個男孩子。」

柳好好是女兒身，就算再厲害也是有些局限，沒見十七歲的她已經成為很多人眼中的老姑娘了嗎？

即使自家人不在意，但其他背地裡說的話卻也會傳到他們耳中。如今，好好的婚事才是最麻煩的。這也是為什麼文遠會這麼著急，十四歲就要去參加科舉。

「你們姐弟感情真的好。」

感情這麼深厚，互相為對方著想，這是一般人家做不到的。

趙掌櫃溫和地摸摸她的腦袋。「擔心是可以啊，但是也不需要在這裡轉圈圈吧，看看妳把這兩個孩子擔心的。」

柳好好一愣，扭頭一看，就見到兩個丫鬟傻乎乎地看過來，頓時臉熱。

「去吧，妳不是說處理好手中的事就想去京城嗎？左右就這一個月過去吧。」

柳好好想了想，點點頭。「對，我得把賺錢的事弄好。」

春種剛剛種下去，很多小苗才露頭，而且樹苗的訂單也漸漸地多了起來，不管怎麼樣，她都得先把這些事情處理好。

不過，這些心思，她也習慣寫信告訴身在西北的某個人。

結束了一天訓練，宮翎回到營帳之後，小心翼翼地打開期盼已久的信。

「宮翎：

見信安好。文遠已經離開這裡去了京城，吾不安，卻也無奈。不過這邊安好之後，便要啟程去京城。那時恐聯絡不便，勿憂……」

一口氣把信給看完了，宮翎的臉色實在是不好看。

司少雲進來的時候，就見他的臉色是黑沈黑沈的，十分難看。「怎麼了？」

然而，宮翎只是把信折起來，站起身，面無表情地說道：「我們比試一下。」

兩人狠狠地打了一架之後，堵在宮翎胸口的鬱悶終於消散了。

他看著躺在地上說什麼都不願意起來的傢伙，木著一張臉轉身回到自己的營帳之中。

從這裡到柳家村，若是快的話，書信不過七、八日的時間。但是現在，柳好好要去京城，京城離這裡很遠很遠，就算快馬加鞭，只怕也要一個月左右。想想就覺得心氣不順。

最重要的是，柳好好竟然想去京城！

想到蕭雲奚，好好去了京城肯定會和那個居心不良的傢伙見面……

可是生氣又能怎麼辦，只能忍著。

宮翎翻來覆去，恨不得直接衝到柳好好面前狠狠地威脅一番，不允許她去京城。可是他到底捨不得。

只得寫了一封信，交給自己的屬下宮衛。「交到柳姑娘的手上。」

「是！」

這頭，柳好好正收拾東西呢，就接到了一封信。

看著上面龍飛鳳舞的字跡，嘴角都抽搐起來了。畢竟是現代人，就算來到這邊已經好幾年了，但是對於閱讀繁體字還是有點勉強，所以她一般都要求別人寫楷書。宮翎就做得很好，每次都是一筆一畫地書寫。

但是現在她看到的是什麼？這樣瀟灑的字體，真的以為她看的明白嗎？

而且這個傢伙到底在想什麼？

急匆匆地送來這封信，就見信紙上囂張的幾個字：不許走！

柳好好從震驚到糾結，最後是面無表情。她淡淡看著站在面前的宮衛，冷冷道：「怎麼了，你們家那位還真的把自己當什麼了？當初說走就走，現在這是怎麼回事，想管我嗎？」

那個不打招呼就離開的男人，現在竟敢要求她不要走，真當自己是一棵菜呢！走的時候還留下一封信讓她等他，現在想想，他哪來這麼大的臉面？

第六十八章

越想越生氣，這個傢伙竟然還想管到自己頭上了。

「回去告訴一聲，就說我柳好好這命就是漂泊，沒辦法。若是不開心呢就別管我了，也別說什麼三年五年的了，讓他看誰聽話就要誰，別在我面前叨叨。沒事你就回去吧，我也就不招待了。你也看到了，我這裡可是非常忙的。」

宮衛深深地看了她一眼之後，迅速離開，幾日之後便把這個消息帶給宮翎。

聽到回話之後，宮翎只覺得胸口好像被什麼給捶了一下，疼得他差點都沒辦法呼吸。

「主子？」

宮衛真沒想到，這個叫柳好好的女人對主子的影響竟然這麼大，看著主子蒼白的臉色、痛苦的眼神，不敢置信。

「需要和那位姑娘做個解釋嗎？」

宮翎犀利的眸光瞬間射過來，像是一把匕首割在脖子上，讓宮衛的心陡然一縮。

「屬下僭越了。」

宮翎收回眼神，淡漠道：「無事。」

當初自己的確是不告而別，因為內心膽怯，因為不想看到好好失望、不捨的眼神，才會用那種辦法告辭，誰知道竟然是最愚蠢的辦法。

他想了想，刪刪改改又寫了一封信。「把這個交給她。」又摸了摸身上，最後把脖子上貼身戴著的一塊玉石拿出來。「你親自交到她手上。」

柳好好再次收到宮翎的信，已經準備要出發了。

家裡的事情都安排妥當，生意交給趙掌櫃，田裡的事情有周夢洋他們，村子裡還有村長爺爺的照看，大概就沒有什麼需要自己的地方了。於是交代好之後，她便準備上京看看能不能在那邊擴大經營範圍，順便探望弟弟。

看到這個熟悉的屬下，她沈默地把信接過來。

「好好，抱歉，之前的不告而別讓妳生氣難受，如今想起來也覺得當初的自己是那麼過分。既然妳想去京城，就去吧，但切記一定要護好自己……雖然我不喜歡那個叫雲溪的，不過他還算仗義，若是有什麼事，妳可以找他幫忙。」

柳好好一時間百感交集。這傢伙……大概是真的非常擔心吧？

「你們家那位還說了什麼嗎？」

「主子說了，京城不比鳳城縣，關係錯綜複雜，富商官員也多，稍不注意就會得罪人，還請姑娘一定要照顧好自己。」

柳好好心裡有些溫暖，抿抿唇便道：「讓他自己也注意點。」

「是。」

看著滿紙都是擔心自己的話語，柳好好覺得宮翎倒是貫徹面冷心軟的性子了。

「怎麼，捨不得？」趙掌櫃見她發呆，問道：「好好，若是可以的話，其實也不需要這麼累。既然喜歡——」

柳好好打斷了他的話。「爹，別擔心，這傢伙也不是個白眼狼，我還是比較相信的。再說了，我也不想那麼早嫁人。」反正，她才不是大齡剩女呢！哼！

也不知道是不是因為宮翎的信，原本對前路還有些忐忑的她，現在反而鎮定下來了。

把家裡的事安頓之後，她便帶著小豆子、辛一楠還有木一和水四，加上新買的小丫鬟桃紅，一行六人便往京城趕去。

「東家，咱們這次去京城是要開分店嗎？」

小豆子和桃紅跟著她坐在馬車內，三人為了方便，都是做男兒裝扮，倒也是不惹人注意。

「看看吧，先去看看那邊的錢好不好賺。」

她這次還帶了不少花，為了保證這些花不會出事，後面的車上可帶了不少東西。為此，他們走得慢，再加上柳好好想要看看沿途的風土人情，那就更慢了；等他們到了京城，都已經是六月下旬，比預計的時間整整慢了半個多月。

到了京城，天氣熱得讓人懶洋洋地不想動。

「東家，咱們是不是要住店啊？」

小豆子悄悄掀開馬車的車簾，偷偷往外面看了一眼，頓時被京城的繁華給震撼了。他也算得上見過世面，鳳城縣周邊的城鎮他都去過，但任何一個地方都沒辦法和京城相比啊！

柳好好也瀏覽了一眼，果然，京城高樓林立，各種商鋪連在一起，比起蘇城的婉約，京城更加莊重，也更加繁華。來來往往的人們，衣著上不論是款式還是布料都令人眼花撩亂，花樣都是最新最好看的。

「行，咱們找一家客棧先住起來。」

在京城，馬車每天來來往往不計其數，一輛灰撲撲的車吸引不了注意，不過……

「什麼，有人幫我把房間訂好了?!」柳好好愣了愣。「那個……知道是誰嗎？」

掌櫃的笑呵呵的，看著面前這幾個穿著樸素的小哥，搖搖頭。「抱歉啊，只是剛才有人把訂金付了，說只要你們來住店，所有的房錢由他們負責。」

柳好好沈默片刻。「無功不受祿，我們還是自己付吧。」

掌櫃的見狀，臉上的笑容僵了，乾笑兩聲。「這、這怎麼說呢，您這讓我不好交代啊……」

「你對我也不好交代啊。」此事詭異，柳好好並沒有多餘的同情心，看著掌櫃一臉糾結，只說：「既然這樣，那我們換一家客棧也是可以的。」

「不，不，那位先生說了是您的舊識，現在沒時間過來，所以讓你們先住下來，等有時間了就會過來的。」

「東家？」幾個人不知道怎麼辦，扭頭看著柳好好。

柳好好想了想，最後點點頭。「既然這樣，我們就住下來吧。」聽這意思，說不定真的是她認識的人呢。

之後便讓人把花也帶進來。她看著面前的花微微一笑，伸出手指碰著。

「哇哇，這裡好好啊！」

「我喜歡。」

「好好，我們很想妳。」

柳好好笑了起來，溫柔地看著幾朵小花兒。「我也喜歡你們。」

就在她聚精會神和幾個花花草草聊天的時候，那嘴角含笑，低頭看著花朵的一幕正好落入了某人的眼中。

「這麼好看？」

清雅的嗓音帶著幾分調笑就在耳邊響起，嚇得柳好好差點蹦起來了。她扭頭就見雲溪拿著扇子，一臉淺笑地看著自己。

「雲公子？」

她有些詫異，沒想到在京城的第一天，還沒有見到弟弟，竟然先見到雲溪。

「怎麼，看到我不開心？」

雲溪一雙鳳眸帶著幾分肆意和邪氣，加上俊美無儔的臉，一瞬間，柳好好被這個男人的氣度和外貌給震懾了一下，但是很快便恢復如常。

「不是，只是有些意外。」

雲溪輕笑。「這麼說，好好……不，文近來這裡是沒想到我了？」

柳好好有些不好意思，畢竟她真的沒想到他。

「不是，怎麼會……」

「為什麼不會？從妳一進城門，我就知道妳來了，可到現在也沒見妳想到給我發個消息呢。」雲溪似乎非常不滿，看上去好像真的生氣了似的。

「沒有，我以為你很忙，而且我這次來，主要是陪我弟弟考試的。」她找了個理由。

「喔，我怎麼看妳來的時候，可是帶了不少好東西呢！」

這個都知道？難不成這個傢伙在她身邊放了什麼人不成？

見她這猶豫的模樣，雲溪挑挑眉，笑了笑。「妳這一路雖然不是很高調，但也沒有特地隱瞞，偶爾有人給我遞個消息也是正常的，畢竟我們可是合作夥伴。」

柳好好點點頭。「的確是這樣。沒想到竟然在這裡遇上，吃了嗎？我剛吃過。」

雲溪原本還打算一起吃飯，結果聽柳好好這麼說，挑挑眉。「這麼不客氣。」

「我這是實話實說，畢竟已經吃了，我若是還虛偽地請你吃飯，到時候怎麼吃下去呢？」柳好好眨眨眼，笑得特別狡黠。「我若是不吃的話，不也是不禮貌嗎？」

雲溪笑了笑，摺扇輕輕地敲了敲她的腦袋。「無妨，若是沒事的話，陪本少爺用個晚膳也是挺好的。」

得，看來這頓飯還是得請。

兩個人便往酒樓走去，掌櫃的一見到，趕緊把人給迎過去。

「兩位客官，這邊請。」

這家酒樓雖然不是頂尖的，但在京城卻也是排得上名號的，掌櫃的眼力不一般，這位小哥旁邊站著的公子爺，一看就氣度非凡，因此相當殷勤。

陪著雲溪慢悠悠地吃了一頓飯之後，這位主子竟然不走，柳好好也急了，不知道對方想要幹什麼。

「雲公子，您這次出來是有事要辦嗎？」有事的話趕緊走吧，時間不早了，別耽誤時間。

「怎麼，就這麼想趕我走？」

「怎麼會？我正準備去找我弟弟呢。」

雲溪嗤笑一聲。「找妳弟弟？妳弟弟現在在書院裡，還沒有休沐，如何得見？」

柳好好自然也知道，而且弟弟到這邊來就被塞到書院裡，一方面是因為他的夫子舉薦的，另一方面恐怕也有這位雲公子的幫忙。

她聽說了，現在指導文遠的可是一位當朝大儒。就算文遠的成績好，但是在這些學子之中，優秀的比比皆是，人家怎麼會看中一個從窮鄉僻壤過來的小子？

「這件事還要多謝雲公子幫忙了。」

雲溪似笑非笑。「一句謝謝可不夠。」

柳好好狐疑地看著，見對方依然淡笑，總覺得對方有些不懷好意。

「先欠著吧，等到日後妳那兄弟真的高中了，也許還能幫我一把……」

「犯法的事可不幹。」

雲溪愣了一下。這丫頭真的是無法無天了，何為犯法，為他辦事是多少人求之不得，竟然如此的大驚小怪，真是討打。

又被他敲了一下，柳好好並不在意，反而笑了笑。

「走吧，既然來了，本少爺便當一回主，陪妳轉轉。」

柳好好來京城，除了探望弟弟之外，最重要的便是開店。但是這店怎麼開，開在什麼地方，花苗什麼的究竟該如何運輸，都是問題。

「那就多謝了。」

天氣雖不算太熱，雲溪本是輕鬆地帶著她在京城的大街上走著，但是看她走得出汗，皺皺眉，看了眼她穿的衣服。

「看什麼？」

雲溪見她熱得頭髮黏在臉上，有些狼狽，便道：「在京城，不管是誰都要比平日多注重衣著裝扮。」

聞言，她挑挑眉。「也對。」

於是雲溪便帶著她直接來到京城最好的成衣鋪。

「感覺好貴啊！」

柳好好轉了一圈，看著那一件件漂亮的衣裳雖然心動，但是價錢美麗得讓她有些承受不起啊。

雲溪知道她過來是有事，自然不可能穿女裝，便抬頭掃了一眼幾件低調素雅卻用了最好的布料做出來的男子衣裳，道：「這幾件拿下來，去試試。」

柳好好一聽，趕緊擺手。「別，別。」

雲溪面色不悅。「聽我的。」

雖是簡單的三個字，她卻聽出不容拒絕的意思，只好拿著衣服去試。

一套以白色打底，外加一件青色薄紗製成的紗衣，腰帶上繡了竹葉，配上柳好好精緻的五官，襯托得她整個人芝蘭毓秀，風度翩翩。

「不錯。」

雲溪一口氣給柳好好置辦了六套衣服，每套都不一樣，還把鞋子襪子及頭繩什麼的都挑好了。

第六十九章

想了想，他看著柳好好身上那塊灰撲撲的玉石，就是品質太低，不值錢！

「這個拿著。」說著，他從身上拿下一塊玉珮，晶瑩剔透，一點瑕疵都沒有，放在陽光下還有種水潤透澈的感覺，一看就是價格不菲。

「這……不妥。」

自己帶著的東西是宮翎送的，看起來不算什麼，但是她知道這是宮翎隨身帶了好多年的東西，不可能隨便丟掉的。

雲溪看了眼那個自己看不上眼的東西，忽然笑了起來。「怎麼了，看不上我這個？」

「當然不是。」她把腰上的拿下來，戴在脖子上，把雲溪這塊拴在身上，笑了起來。

「多謝了。」

雲溪挑了挑眉頭，只覺得心裡有些不悅。

從她的態度就能夠感覺到，這個丫頭對什麼比較重視。

這麼一天兩天的，柳好好最奇怪的是，這個傢伙為什麼這麼閒?!

這個傢伙天天準時準點地出現，連桃紅和小豆子都見怪不怪了。至於辛一楠和另外兩個侍衛，在雲溪出現的第二天，就自覺地隱藏到暗處。

「雲公子……這樣是不是太耽誤你的時間了？」

這一連幾天跟在身邊，是想要幹麼？

「京城是我長大的地方，很多人事妳並不知道，所以本少爺覺得有必要提醒提醒，畢竟京城可不是鳳城縣。」

「這……」

柳好好也知道京城很複雜，但是這不代表她是傻子啊，有那麼多花花草草給自己報信呢，還有什麼好擔心的？

不過，雲溪這一副我為妳好的表情，讓她也不知道說什麼好，也阻止不了。

今天是休沐的日子，柳好好大清早的就來到書院門口，等著柳文遠出來。

其實她到了京城的消息也早早地就傳了過去，若不是書院沒有休沐，姐弟早就見面了。

「姐……接我來了啊，哥哥。」

差點喊成了姐姐。雖然大慶朝對女子的要求不是那麼苛刻，但是這樣大大方方地出現在書院門口，也是會被人詬病的。

「文遠。」

柳好好立刻衝過去，上上下下打量了幾圈，發現弟弟高了也瘦了，高興之餘又十分心疼。「這段時間是不是沒有好好休息吃飯？看你都瘦成這樣了。」

柳文遠看了一眼比自己還矮的姐姐，只道：「姐，我長高了。」也無奈地笑了笑，眼神之中都是寵溺。

雲溪站在一邊看著，挑了挑眉。

他可是知道，柳文遠到京城的這段時間裡，從被人欺負到現在結交好友，不可謂不辛苦。一開始受罪，然後反擊，接著學會隱藏，漸漸變得圓滑……

「辛不辛苦？」

「不辛苦。」

柳文遠輕輕一笑，臉上露出一抹害羞，好像依然是當初那個單純的小弟弟。柳好好見狀更是心疼不已，弟弟在這裡絕對吃了很多苦。

兩人寒暄一陣，她領著弟弟與雲溪找了間酒樓開了雅間用午飯，也當作慰勞弟弟。

「姐，這次我帶來的牡丹、茶花，還有蘭花、文竹都有了很大的作用。」席間，柳文遠感覺到姐姐的情緒依然不高，便轉移話題。「妳是不知道，文老夫子第一次看到我住的地方有那麼多花草的時候，那眼神……」說著，他還模仿了一下對方的表情，特別地誇張。

柳好好笑了起來。「你若是被夫子知曉，定然要好好地罰你一頓。」

一旁的雲溪無人搭理，也不覺得自己被怠慢，反而饒有興致地看著姐弟之間的互動。

聊了一會兒之後，柳好好站起來。「我出去一下，你們先聊。」說著，便出了雅間。

她走後，房內就剩下柳文遠和雲溪二人。

柳文遠忽然站起來，彎腰作揖。「草民柳文遠拜見睿王爺，王爺千歲千歲千千歲。」說完，他撩起長衫就跪下來了。

雲溪臉上的笑意更明顯了，笑得卻是讓人心底發寒。

看了一眼規規矩矩跪在面前的少年，烏黑的長髮束在腦後，單薄的身體彎下來，卻沒有一點點因為懼怕的模樣。

他挑了挑眉，漫不經心地問道：「你倒是聰明。」

「草民不敢賣弄，只是這次能夠進書院，草民得知是託了王爺的福，若是連恩人都不知道感激的話，也枉為讀書人了。」

他不蠢，能進京城的書院、受大儒的青眼有加與指導，他私底下也旁敲側擊地打聽過，如今也沒有必要揣著明白當糊塗了。

雲溪的眸光變了變，想到柳好好對這個弟弟的真心愛護，又想到他對這個姐姐的態度，便道：「起來吧。記著，我只是雲公子。」

「是。」

柳文遠起身，看了他一眼之後，懇切說道：「我和姐姐從小便生活在柳家村，見識淺薄，若是有不對的地方還請雲公子見諒。特別是我姐姐，心思單純，很多東西只是憑藉著本性而來，若是有……」

「你知道為什麼我不喜歡那些文人嗎？」

柳文遠愣了一下。

「因為他們彎彎繞太多，反而是好好，直來直去，本王甚至喜歡。」

此言一出，柳文遠便沈默下來。如今，姐姐和這位王爺有生意上的合作，除此之外也沒有什麼交集，此時自然不會影響什麼。可若是有一天，兩個人為利益翻臉呢，到時候王爺還會欣賞姐姐的直率嗎？

見柳文遠不說話，雲溪自然知道對方心裡在想什麼，只是笑笑，什麼也不說。

以他的身分，對柳文遠完全沒有解釋的必要。若不是看在好好的面子上，這柳文遠只怕也入不了他的眼。

「本少爺今日有事，就不多留了。」雲溪見到柳文遠一臉拘謹的模樣，站起來道。

他走了之後，柳好好才回了雅間，見雲溪不在，倒也不在意，姐弟倆之間的氣氛也更融洽。

柳文遠說了些自己的所見所聞，而柳好好說著自己未來的計劃，兩個人就這麼聊著，一天就過去了。

柳好好知道弟弟過得還不錯，心也就放下來了，於是一頭埋進了京城之中，開始不停地調查人流、喜好，還有對店鋪的要求什麼的，忙得是腳不沾地。

不過她發現，在京城若是開一家花店真的非常不錯啊，只是問題來了，鮮花和乾花不一樣，不能保存……等等，乾花！她怎麼沒想到呢?!

對啊，她可以賣乾花，花茶現在已經出了兩種，但是品項還過於單一，到時候應該配上茶葉……

柳好好坐在客棧裡，手中拿著毛筆想著計劃，想到一個寫一個，直到沒有其他想法的時候才停下筆。

「難，實在是太難了。」

柳好好惆悵起來，這樣零零散散的計劃想要實行起來真的非常慢。首先，要在京城拿下一個鋪子，這就非常不容易，而且她在這裡沒有根基，任何一個人都有可能讓她開不下去，哪怕是京城的地痞流氓身後都是大人物呢……

再說，花茶也好、乾花也好，她的量產還是少了點，京城這麼大的地方，只怕那麼點的產出還是不夠。

不僅如此，這個時代的交通實在是問題，就算把東西製作出來，到時候運貨又是一個問題，要組一個馬隊嗎？然後，人工呢？還有工錢、掌櫃的從哪裡來……

柳好好煩躁地把手中的東西扔掉，靠在窗戶前唉聲嘆氣的，扭頭看著客棧下面的景色，覺得自己還是有些太單純了。想要到京城做生意，看來還是有些難啊！

說白了，還是沒有權力。

呆呆看著外面人來人往，京城的熱鬧在她的眼中變成了錢，可是這些錢就這麼跑走了，怎麼抓都抓不住，感覺真的是有些糟糕呢……

就在她發呆的時候，小豆子敲了門。「東家，有您的信。」

柳好好接過來，宮翎熟悉的字便出現在眼中，不由自主有些恍然，但更多的卻是思念。

她長長地吐出一口氣來，打開一看，頓時有些哭笑不得了。

宮翎這個人雖然沈默，甚至可以說很多事情不太計較，但是性格其實非常霸道又果斷，有時候話語之中還帶著一份強大的自信，甚至讓人覺得有些狂妄了。

不過這樣的人做事沈穩，讓她有種安全感。

這不，宮翎在信上說了，只要她想要就去做，其他的不用擔心。

這感覺真的很好啊，好像自己不管做什麼，身後都有人支持、幫助，不問原因、不問結果。

她心裡就像是吃了蜜似的，甜。

不過——

她惆悵地坐在窗戶前，手中拿著書信，心裡卻忽然酸脹了起來。好久沒有見到他了，也不知道對方過得好不好？

西北邊塞，環境苦不說，糧食又少，只靠朝廷的糧草加上偶爾的捐贈根本就撐不下來。夏天熱而冬天冷，那些將士們是那麼苦……

想到這裡，她摸摸胸口，眼睛都酸澀起來了。

這次回去，若是可以的話，她想去西北看看。

「東家，您沒事吧？」

小豆子站在旁邊，看著東家笑了起來，可是沒一會兒臉色又沈了下來，現在連眼圈都紅了，這還得了！他心裡惴惴的，完全不知道該怎麼安慰東家。

柳好好擺擺手，吐出一口氣，看著信件最後夾著的一張店鋪地契，又有種酸脹的滋味湧上來。

宮翎怎麼知道的呢，店鋪送得這麼及時，信也知道送到這裡，這貨絕對是時時刻刻地盯著自己，好啊，這難道不是變相的監視嗎？混蛋！

被罵混蛋的宮翎看著自己的封賞聖旨，臉上沒有一點表情。

之前受傷便是因為要抓西北軍中的奸細，茲事體大，如今立了功，皇上自然是要表示一下。因此聖旨下來的時候，是意料之中，卻也在意料之外。

驃騎大將軍、二品大員，封武安伯，黃金千兩……這封賞驚呆了一群人。

「恭喜啊恭喜，沒想到這次升官真讓我等羨慕不已！」

「哈哈哈，這小子從來的時候我就知道，非池中之物，沒想到才幾年竟然就封了武安伯……真是厲害！」

眾人七嘴八舌的，然而被談論的宮翎卻沒什麼表情。聖旨輕飄飄的，可有一種重達萬斤的分量在心頭，有種念頭慢慢地滋生出來。

他想起宮家，這次的封賞是用自己的命換回來的，是自己應得的，但是總有人會利用這個來壓榨自己。

鐵木年這麼多年來看著宮翎一步一步走出來，得到這個好消息的時候，欣慰地笑了。

宮翎現在官拜二品，只要再努力點，就會坐到他這個位置。大將軍，官拜一品，封侯拜相也是指日可待，西北軍最好的繼承人便是這個小子。

「不錯，不錯，你小子我真的沒有看錯！」鐵木年哈哈大笑，拍著他的肩膀。「好，不久的將來一定會超過我的，這個位置……」他笑了笑。「你知道我的意思。」

「將軍，此言萬萬不可說。」宮翎嚇了一跳，趕緊單膝跪地。

鐵木年的神色卻十分嚴肅。「本將軍從不妄言，今日既然跟你這樣說，那便是本將軍心裡也是這麼想的。所以，你一定不要讓本將軍失望。」

「是，屬下明白！」

兩個人又說了些話便散了，宮翎也回到自己營帳中。

他該好好計劃下一步了——脫離宮家，自立門戶！

宮家，那個如同地牢一般的存在，母親被宮侯爺寵幸，可剛生下他就難產而死。之後，嫡母竟因此說他不祥，六、七歲就扔到小院裡，若不是遇到師父，他早就死了。

當今聖上年紀大了，雖然不至於昏聵但也有些力不從心，不管是已經冊封的王爺或者依然留在宮中的皇子們，心思都有些浮動，明爭暗鬥一直沒有停歇。

皇上一共十個孩子，最小的如今才七歲，而前面的九個皇子，大皇子早逝，二皇子賢王是個喜歡遊山玩水的，三皇子獻王和五皇子恪王乃是一母同胞兄弟，四皇子勤王母家強盛，對那個位置虎視眈眈。六皇子是睿王，韜光養晦，而其後三位皇子才剛成年，只是他們對於那個位置有沒有想法……大概也是彼此心知肚明。

而在外，不管是西戎也好，蠻族也好，也都虎視眈眈地盯著大慶這個肥肉。別看現在大慶國很是平靜，但是平靜之下往往藏著暴風驟雨。

宮翎之前便做了決定，先要建功立業，然後脫離家族。如今自己的目的可以說達到了一半，若是想要離開宮家，還需要一些準備。

第七十章

這日，柳好好去看了宮翎給的鋪子。那是個日字形的建築，前面是三層小樓門面，後面兩排則是兩層，兩邊只有一層，前前後後加起來倒是不少房間。

她就算不知道具體的房價，但是京城各個地段的價格還是大體上知曉的，這最少也要上千兩的銀子。

她帶著人又走了一趟這個店鋪，突然覺得若只是用來賣花茶乾花，太浪費了。前面的三樓應該稍微改造一下，弄成中間是大廳，二、三層是包廂的回字形格局；中間搭一個臺子，可以說書。然後商品以花茶為主，各種點心來一波，另外大部分的裝飾都用乾花，鮮花則擺在顯眼位置上。

如此，這裡算得上是一個休閒娛樂場所，不過這樣看來，要接待的應該大部分都是女性。

那還有什麼，女人喜歡什麼？精緻小巧可愛的東西，比如玩偶？這個可以，每一個包廂內都弄兩張躺椅，上面放毛絨絨的玩偶，就不信古代姑娘不喜歡！

想到這裡，柳好好像是被打開了一個開關，覺得自己還可以做團扇、包袋，沒有哪個女人不愛包！嘿嘿嘿……

柳好好就站在店鋪的門口笑了起來，笑得兩個下人都有些害怕，往旁邊挪了兩步。

展明帶著侍衛走過來的時候，就見到柳好好站在大門口，兩個僕人站在後面，一臉茫然。

「這是……」

柳好好聽到聲音，從思緒中回過神，一扭頭見到展明，笑了起來。「展大哥，怎麼在這裡？」

「出來有點事，正好經過。」說著他看看這個鋪子。「這個鋪子是……」

「我的。」

「妳？」展明疑惑地看了一眼。「妳準備在這裡開店？」

「當然！」

以後若是文遠留在京城的話，她就留在這裡開店；若不在這裡，就找個掌櫃的管理，反正京城一定要有個賺錢的地方。

展明點點頭。「這個位置不錯，鋪子也挺大的。想好做什麼嗎？」

柳好好笑了笑。「現在只是一個想法呢，還沒有落實，我得好好計劃計劃。」

「的確應該好好想一想。」

展明笑道，既然遇上了，乾脆一起用飯。柳好好也大大方方點了頭，沒想到兩人到了地方，雲溪早已經坐在那裡等著了。

雖然有些詫異，可想起展明和雲溪可以說是形影不離的狀況，柳好好也就不意外了。

「什麼時候到的？」展明大方坐下，跟在身後的人自覺地站到外面。原本走到哪裡跟到哪裡的小豆子和桃紅見狀，也乖乖站到外面去。

「倒是好本事，讓本少爺在這裡等了這麼久。」

「抱歉，正好看到了好好，所以聊了幾句。」

雲溪似笑非笑地掃了柳好好一眼。「最近這麼忙，是否有什麼進展？」

「有點想法，但得等我把計劃弄好了才行。正好，咱們商量一下行不？」

柳好好知道，自己想要在京城開店鋪的話，必須要有個靠山好乘涼啊，這不靠山自動上門了？

但人家願不願意給她當靠山還是個問題，所以得好好商量一下。

雲溪挑眉，看出來這個丫頭心裡在想什麼，卻裝作不知道的樣子問：「喔，什麼事？」

「我正準備開個茶樓，裡面順便賣點小玩意。那個……有沒有興趣入股啊？」

「入股？」

「對，好比我把這個店鋪的成本分成十份，雲公子有沒有興趣分兩份回去？」

「呵，這方法倒是新奇。不過這也不是簡單的一句話吧？」雲溪依然笑著，對於柳好好的打算已經猜到了。畢竟，她的花茶生意他也參與進去了，如今收到的利潤可是不小。誰也不會嫌棄錢多，何況他還有那麼多的人要養著，光靠那麼點的俸祿和賞賜，不夠；賺錢又得秘密進行，若是被有心人知道的話，可有些麻煩了。
所以，這樣的合作很有利。
雖然這麼想，但是雲溪反而慢悠悠地說道：「天下可沒有這麼好的事。」
「雲公子，我也知道你在京城是有身分的人，我也沒有想讓你拿錢進來，我只是想著若是可以的話，護一下我這個店就好了。我給你……」柳好好抬頭看了他一眼，咬咬牙。「五成的利。」
展明和雲溪都有些吃驚。沒想到柳好好竟然願意拿出五分利，這可就不少了，而她所圖的不過是一句話罷了。
柳好好應該知道，在她眼中的難事，在他這邊也許就是一句話，或者一個態度就做得到，輕而易舉的事情竟然得到這麼高的利潤，顯然她是下了血本。
「不覺得吃虧？」
柳好好笑著搖搖頭。「心有點痛，但是不會覺得吃虧。我知道，也許護著一家店鋪對於雲公子只是一句話的事情，但是公子的一句話卻是我柳好好怎麼也做不到的。一句話能讓我在京城紮根，五成利不算多。」
雲溪點點頭。「能夠做到妳這樣的已經不多了。」
商人重利，很多人既想要人保護又想要得到最大利潤，往往是很多合作者之間產生嫌隙的原因。

「不過，我的店鋪，我要求自己做主。」

「當然。」雲溪晃了晃扇子。「四成，我只要四成。」

柳好好還要說什麼，卻被他制止了。「雖然妳想得明白，但本少爺也不是貪心之人，何況本少爺還想著能夠把這個合作一直做下去。」

如此，柳好好也同意了。

得到他的首肯之後，她徹底地忙碌起來，先把計劃列好了之後便讓人送信到柳家村，讓趙掌櫃和娘帶著家裡人晾乾花。

乾花的製作完全沒有什麼技術可言，但是必須選擇一些能夠插花瓶的花種，比如滿天星、勿忘我、月季甚至狗尾巴草、棉花都可以。要製作乾花最好的辦法是把鮮花剪下來，放在乾燥的房間內自然風乾。風乾的過程中為了保持花型，不能互相擠壓，必須層次分開，另外還要注意的是以倒掛風乾。

把製作乾花的辦法交代了之後，她又開始折騰布偶了，加上鋪子裝潢、擺設，各種忙起來簡直腳不沾地。

「這是什麼？」

偶爾沒事幹的展明會跑過來湊熱鬧，看著柳好好在這個店鋪裡忙來忙去的，原本一個中規中矩的小樓在她的設計之下變得溫馨又舒心，就是顏色太暖，主要是暖黃跟淡粉色，作為一個男人站在裡面，實在是有些古怪。

柳好好正忙著呢，每個包廂都有躺椅、臥榻、桌子，都是有講究的。女人首先是視覺動作，每一處都要精細；然後是舒適貼心，不管什麼東西都要做到最好，接著是人員培訓。

展明發現，柳好好一口氣買了十六個女娃娃，都是十二至十六歲，長得雖然不是水靈靈的，但是五官都漂亮。還有十個少年，也個個出彩。

這丫頭是要開青樓嗎？

柳好好才不管他在想什麼，統一訂製的衣服已經送到了，女孩子穿的都是鵝黃衣裙，頭髮盤起，戴著一朵橘黃色的花；描眉點唇，個個都變成了嬌滴滴的小姑娘。

男孩子自然不可能穿白襯衫西裝，他們都是青色短衫配長褲，頭髮高高豎起，乾淨俐落。

最重要的是，不管男孩還是女孩，胸口位置都戴著一個牌子，上面寫著他們的名字，還有號碼。

「你們記著，顧客就是上帝……咳咳，就是神。」柳好好嚴肅地道，看著這二十多個少男少女懵懂畏縮的樣子。

他們都是從牙行買來的，知道自己的賣身契都在東家的手上。雖然大慶國不允許隨意打殺僕人，但是若是犯了錯被主人家責罰，也算正常。況且這些人都是窮苦家庭裡走出來的，看到東家這麼嚴肅，各個縮著脖子不敢喘氣。

這樣不行！沒有精神、瑟縮的模樣讓人心情不好。她要的服務生必須美麗大方，自信得體，這些都還不行。
好在她現在也不急著開業，有的是時間訓練。但是這一點她覺得自己比不上春娘，若是春娘在就好了，畢竟是大家族裡出來的，肯定有一套……
對了！
柳好好轉頭看著展明，眼睛裡透露著狡黠，看得他頓時想跑。
「展大哥。」
「嗯……什麼事？」雖然覺得不好，但是展明還是努力讓自己看上去十分鎮定。
「您這麼厲害，家裡的僕人肯定也是厲害的，比如你身邊應該就有大丫鬟啊……」
展明腦門上的青筋都在跳。「妳想說什麼？」
「就是……能不能借兩個人用用？你看看這些人不行啊，太慫了，我這裡的客人來了，見他們這樣肯定不喜歡的，所以我想找人調教調教。」
他家裡的丫鬟自然都是有著七竅玲瓏心，但是為什麼要借到青樓來，這說出去的話，他們侯府成什麼了？
展明有些糾結。
這時候，雲溪慢悠悠地來了，見到柳好好期待的模樣，再看看展明一臉糾結，挑挑眉問道：「怎麼了，有什麼事？」
柳好好迅速道：「沒什麼，就是希望展大哥能夠借我兩個人，調教一下我這些……服務生。」

「服務生？」

「就是店小二。」

她這裡的人都是年輕貌美、英俊帥氣，相貌確實不錯。「妳找這些人當小二？」

「當然，我這是高級會所。」

「會所？」

「咳咳……你們就當做是一種供人玩樂的地方唄。」柳好好有些不好意思，想到後世的會所，頓時就覺得自己這個店鋪還是小了點。

她把自己的一些設計說了出來，最後有些煩惱地道：「這些人必須學會待人接物，不能這樣畏畏縮縮的，要有自信，當然主要是讓人感覺賓至如歸。」如此才願意主動掏錢。

別說展明，就算是雲溪都被她這個大膽的想法給震驚了。雖然具體的實行辦法不清楚，但他可以想像這間店鋪將會是多麼地受歡迎。

「本少爺既然拿了這裡四分利，自然也不能袖手旁觀，明天就把人送過來。」

不得不說，雲溪的辦事效率太棒了，第二天，柳好好就見到兩個年輕的丫鬟外加兩個嬤嬤。

既然有專門的人幫她訓練服務生，柳好好便把所有精力投入到茶樓的裝潢佈置上，而且這會所還要售賣小東西，其中便是玩偶。

此時，所有人盯著手中的畫紙，不敢相信地看著上面畫著的一隻隻小動物。

「天哪，這……這真的是老鼠嗎？」

「可是為什麼我總覺得這就是老鼠？實在是太可愛了。」

「這個是熊？」小豆子疑惑地看著圖紙上的造型，一臉不解。「咱們那邊山上的熊都是黑色的啊，長得那麼凶，站起來都有屋子高呢，可是為什麼這個竟然……」有種想要抱一抱的衝動？

不可思議，明明是兇殘的動物，可是在東家的手裡竟然變得如此可愛。

幾個人嘰嘰喳喳地圍著柳好好，別說小豆子和桃紅，就是辛一楠的臉上都露出幾分詫異。

「別廢話，我就問你們，喜不喜歡？」

「喜歡！」

柳好好明白了，顯然這些東西都有用，立刻喜孜孜地讓人安排下去。為了趕時間，她可沒有把這些全給一個人做，而是招攬了二十多個繡娘。

「要這麼多人？」

「當然。」

柳好好十分嚴格地選了一批繡娘，和對方簽訂了協議之後，便把圖樣給她們。不過她是把一個玩偶給拆成幾個部分，大家都不知道自己要做的是什麼，而是根據要求的完成縫製、填充。

柳好好要的就是這樣，這個時代可沒有什麼智慧財產權，到時候若是被人假冒，那就麻煩了，損失的是自己呢。

不過看著如火如荼的工程，柳好好的心裡簡直就要樂開了花。

第七十一章

這日，她正忙得焦頭爛額之時，聽到外面有人說話，一站起來，就見雲溪走進來，饒有興致地拿起一隻小熊。

「這是妳想的？」

「當然！」

雲溪瞧她一臉得意的模樣，笑了笑，露出一抹讓人驚豔的表情來。

天哪，這張臉簡直就是利器啊！若是放在現代，不知道要吸引多少迷弟迷妹們。

我有男友，我有男友，我有男友……她默默地在心裡默念三遍。

「妳在嘀咕什麼？」

「沒有，這個送你兩隻。」

雲溪挑挑眉，意外地看著被塞到自己手中的玩偶，顯然是在詢問為什麼。

「很多女孩子喜歡，你可以送給自己的姐姐妹妹們。」說著，柳好好還眨眨眼，一臉俏皮的模樣。

最後，帶著玩偶回去的雲溪讓人把東西給送到了宮中。

「真是有趣。」

黑色的長髮如瀑布般披散下來，他摸了摸手上的玉扳指，緩緩站起來，冷笑一聲，揮了揮衣服之後走到窗前，看著燦爛的日光，慢慢驅散了內心的陰霾。

在很多人眼中，他蕭雲奚是不應該活下來的，不應該存在的，因為他是那位婉嬪利用家族關係爬上龍床而生下來的。即使十多年前，婉嬪去世了也沒有消除皇上的恨意，總覺得睿王的存在就是難堪的證明。

然而又能怎麼樣，有些仇恨，不應該隨著謊言就消失了。

有的東西，該是他的就是他的。

隨著時間推移，這樣緊趕慢趕地忙活了兩個月，柳好好看著煥然一新的店面，心裡的激動可不是言語能形容的。

「開業得選個好日子。對了，文遠，咱們這個店叫什麼名字？」

坐在這三層小樓裡，中間舞臺搭建得比較高，形成一個圓形看臺，二樓、三樓的每一間房前都有陽臺，若是願意的話，可以坐在那裡往下看。

為了保護客戶隱私，陽臺垂著輕薄的白色紗幔，朦朦朧朧的，特別有仙氣。

「這……鳳凰鳴矣，於彼高崗。梧桐生矣，於彼朝陽。」柳文遠想了想，說道：「梧風閣。」

本來若是用「梧鳳之鳴」的「梧鳳」二字更好，只是想了想，還是用「風」代替，畢竟若是被有心人抓住短處，到時候參一本可就不好了。

「好，就聽你的，就用梧風閣！」

出自於《詩經》裡的話，就是這麼大氣！她喜歡，哪怕不知道什麼意思，也感覺到文字的優美。

柳文遠有些不好意思。姐姐這種隨時隨地誇他的行為似乎已經成了習慣。

「讓我題字？」

取好了名字，柳好好還想找個人題字。

雲溪有些發愣。這家店鋪除了自己暗地裡稍微打點了一下之外，其他的可以說什麼都沒管，投入了多少，就算是沒有見到，稍微算算也能夠出來。現在弄好了，讓他題字，倒是有些意外了。

「對啊，作為股東……咳，老闆之一，總得要盡點力吧？」

雲溪見她雙眼亮晶晶的，輕笑一聲。「行。」

只是三個字而已，有什麼在意的。不過身為堂堂睿王，竟然給一個名不見經傳的小鋪子題字，只怕傳出去也會讓一群人驚呆了吧？

柳好好看著雲溪龍飛鳳舞地揮灑，梧風閣三個字就這麼出現在面前，她覺得自己成為百萬富翁，指日可待！

於是，十月初十，京城西大街和永懷街交岔的一家店鋪開業了。

柳好好拍拍手，經過訓練的一群少男少女們立刻魚貫而出，每一個人手中都拿著宣傳單。

「去吧，今天你們的任務就是把手上的單子給發出去。」

「是。」

經過訓練的服務員果然不一樣，個個像是挺拔的小楊樹似的，面帶微笑，大方得體，拿著宣傳單就走到大街上，一邊發傳單一邊說著：「梧風閣今日開張，茶水有大家最喜歡的菊花茶、玫瑰花茶、茉莉花茶……免費續杯……」

「今日來梧風閣消費的客官，每人贈送一份精緻的桂花糕。」

「咱們還有神秘大獎、精彩節目，不僅如此，消費滿十兩的都會得到一個精美小禮物。」

「機不可失，失不再來，難道大家就沒有什麼興趣嗎？」

「姑娘，您還在為沒有休閒放鬆的地方而煩惱嗎？您還在為自己的才華得不到施展而憂愁嗎？您還在為每天一成不變的生活而惆悵嗎？來梧風閣吧，這裡新奇、快樂、輕鬆、自在，是您放鬆娛樂的不二之選。」

這廣告詞……柳文遠覺得姐姐的腦袋裡裝著一個十分大的洞，什麼都能想得出來。

「想聽淒美的愛情故事嗎？想知道天上的神仙在做什麼嗎？想知道狐妖和書生的愛恨情仇嗎？想知道崔鶯鶯是誰嗎？只要來梧風閣，都會告訴妳答案的。」

所有人都沒聽過如此別緻的開場白，原本不在意的人也被這樣的宣傳給弄得一愣一愣的，也好奇了起來，一時間，站在梧風閣門口的人越來越多了。

此時，坐在對面酒樓的兩個男子看著這邊，有些呆了。

展明突然笑了起來。「真沒想到會這麼吸引人，不過這些送出去了，是不是虧本？」

「不會。」

「真的嗎？」

展明不是做生意的，也沒有見過這樣的行銷手段，總是覺得又是打折又是免費又是送禮物的，實在是太奢侈了。

雲溪的眼睛瞇了瞇，展顏一笑。「好好精明呢。」

「不過也是，這才多久啊，門口就有這麼多人了……」

然後，只見一頂小紅轎子直接停在門口。

「老闆，這梧風閣裡到底有什麼啊，真的好玩又舒服嗎？」站在轎子邊的一個小姑娘，抬著下巴倨傲地問道。

「自然。」柳好好自信地點頭，十分禮貌地說道：「這裡每一個都是我精心準備的，若是您不相信的話，可以進來體驗一下。作為今天的第一位客人，我可以給妳全場免費，但是裡面的東西不能外帶。」

「呿，有什麼好東西是咱們小姐沒有見過的，大驚小怪的。」

柳好好笑而不語。

轎子裡的人輕柔地喊了一聲。「晴之。」

這個叫晴之的姑娘立刻掀開轎簾，就見一個穿著白色裙子的姑娘慢慢走出來。

「小姐，慢點。」

圍在周圍的伸長脖子看著，有的人驚訝一喊。「這是曹尚書家的大小姐呢！」

柳好好也不著急，發傳單的人逐漸回來了，乖乖去鋪子裡服務了。

看著那位曹小姐進去之後久久不出來，很多人也好奇了。之後又見三三兩兩的小轎子停在這家店門口，很快又有幾個姑娘進去。

「這是怎麼回事？」

這幾個姑娘可都是赫赫有名的京城閨秀，竟然都來了。

此時，進去的姑娘們在自家丫鬟的攙扶下來到鋪子裡，看到裡面的佈置，頓時眼睛一亮。

「怎麼才來？快點，在這裡呢。」

第一個進門的曹小姐在三樓房間的陽臺上，掀開垂幔，一臉激動地說道：「快上來，快點，給妳們看點好東西。」

幾人就上樓了，推開門的瞬間，就見窗戶旁的桌子上擺放著一盆開得正漂亮的秋菊，生機勃勃，讓人眼睛一亮。

可真正吸引人目光的不是那盆花，而是軟榻上那幾個奇形怪狀的動物布偶。

曹小姐正抱著一隻棕熊狀的玩偶，激動得臉頰發紅。

天哪，這是什麼！

「哇，好可愛啊！」

「是啊，好可愛！」

每個姑娘都人手一個，當她們發現擺在軟榻上的小熊竟然是不同相貌、不同裝扮的時候，便明白了這些玩偶很有可能是一套！

「我要買！」

「我也要買！」

「不行，不行，這一套都是我的。」

幾個姑娘嘰嘰喳喳著，端起茶杯看著瓷杯裡綻放的花朵，更是心情愉悅。

「真是舒服。」

「是啊，整天在家裡待著，上街總是前呼後擁的，著實讓人難受。現在好了，咱們也有地方休息休息了。」

「就是，說了咱們大慶國可以女子為官，但是有幾個人願意拋頭露面的？」

「欸……」

就在她們抱著小熊你一言我一語地聊著，下面傳來鑼鼓的聲音。

大家被這聲音給吸引了，不由自主地走到陽臺上，不過那些軟萌的小玩偶可是捨不得放下來的。

每個姑娘手中都抱著一個玩偶坐在陽臺的椅子上，陽臺上是上等的輕薄白紗，遮住姑娘家的容貌，但她們卻可以從紗幔的縫隙看到下面的光景。

只見中間的圓臺不知道什麼時候出現幾個抱著樂器的姑娘，她們修長的手指靈活地一挑，清脆的樂音就這麼流淌出來。

然後是一陣低沈的鼓聲。

「若有人兮山之阿，被薜荔兮帶女蘿。既含睇兮又宜笑，子慕予兮善窈窕……」

一聲聲的鼓就這麼輕輕地敲著，富有節奏，給人震撼的感覺。

幾個姑娘恨不得伸長了脖子看過去，但這樣子實在是太沒有教養了……

不過，今天開業，只有她們幾個人在呢！

幾個姑娘妳看看我、我看看妳，迫不及待地掀開垂幔看過去。

就見圓臺周圍坐著樂師，站在臺上的竟然是個女子。她衣著素雅，五官秀麗，頭上綴著一朵絹花，隨著音樂緩緩歌唱。歌詞中美好的愛情故事卻帶著淡淡的憂愁，歌聲空靈而高雅，讓她們為之一振。

這和平時她們為了聽戲而請來的戲臺子唱的完全不一樣啊！

「真好聽……」

幾個姑娘聽完了這首歌之後，竟然升起一種意猶未盡的感覺。只可惜節目也就這麼一個，就見歌女離開之後，一個年輕男子走上來，他長得清俊，眉眼間帶著書生氣，拿起面前的醒木輕輕一拍。

「話說……」年輕的男子用動作表情訴說了一段纏綿動人的故事。「那龍女一見，便再也難以忘懷。想那書生……」

幾個姑娘的眼睛都睜大了，連她們帶來的小丫鬟們也沈醉其中，甚至開始幻想著溫柔多情的書生公子是如何對待龍女的。

「……只見那白光一閃，對著龍女的胸口飛去。若是龍女被擊中，定然是魂飛魄散，說時遲那時快……」

幾個姑娘伸長了脖子聽著，如癡如醉。

「欲聽知後事如何，請聽下回分解！」

「咦，這是怎麼回事？」曹小姐有些疑惑，但是看著那個書生裝扮的說書人一彎腰便轉身離去，這才恍然大悟。「這是……沒有了？」

「是嗎？」另外幾個姑娘也伸頭看了看，果然麼，真的沒有了。

然後就在她們有些不解的時候，響起了敲門聲。

「客人，咱們剛剛出爐的桂花軟糕，不知道是否有興趣嘗一嘗？」

「什麼桂花軟糕，難道不就是桂花糕嗎？」

這個所謂的桂花軟糕，其實跟蛋糕差不多，只是這個時代沒有烤箱，所以柳好好試驗了很多遍，才用土和鐵弄出來一種密封式的箱爐，下面架上火烤製。

溫度總歸是沒有現代化機器的好，不過土灶有土灶的優點，烤出來的也算是香噴噴的。可惜沒有奶油，材料也少，麵粉也不夠細緻，做出來的效果要差很多，但是相較於現在的糕點大部分都是蒸出來的，這也算是推陳出新了。

「這是什麼啊，桂花糕有這麼黃嗎？」

「好軟啊，好香啊，我還聞到了那種什麼……不不不，不是桂花……」

哼，才不會告訴妳，那是羊奶！

沒有鮮奶做奶油，羊奶還是能夠弄到的，去了腥味加在麵粉裡，還有雞蛋、桂花，烤出來之後鬆軟香甜，自然是吸引人的。

「好吃！」

「的確十分獨特。」黃家小姐品嘗的時候還是比較矜持的，但是那愉悅的表情卻說明了她對這個所謂的桂花軟糕十分滿意。

「不知是否可以帶點回去呢？」

「也對，這個軟糕是否出售？」

服務人員是個女子，微微一笑。「抱歉，我們這裡的糕點是不外售的，不過東家說了，今天是開業的大日子，必須讓每一位客人感覺賓至如歸，所以特地準備了二十份送給各位。」

不得不說，柳好好規劃的服務簡直太棒了，幾個未出嫁的姑娘興奮得恨不得在這裡住上三天三夜。

然而她們發現時間不早了，只好無奈地離開了。

圍在門口的人潮漸漸散去，黃昏時分，幾個姑娘家又坐上了轎子，而丫鬟們個個臉色緋紅，雙眼放光，顯然對於這鋪子裡的一切都是非常滿意。

梧風閣因而一炮而紅。

因為那些可愛的小玩偶、鬆軟可口的點心、引人入勝的故事……反正，只要來到這裡的人都會被這些東西所吸引。甚至之前一份難求的花茶，在這裡也是隨處可見。

「這些天，鋪子的生意不錯。」展明坐在雲溪面前，十分感慨地說道：「我倒是沒想到這些姑娘的錢竟然這麼好賺。」

不過想想那些胭脂水粉、首飾鋪子裡都是姑娘家的身影，便可想而知了。

雲溪倒是早知道柳好好有很多精采的主意，只是沒想到這個鋪子竟然這麼賺錢。

他想了想便道：「這是旁邊那家鋪子的地契，你去送給她。」

「欸，你不自己送去？」

雲溪搖搖手。「有人盯著我。」

「行，那我去。」

第七十二章

柳好好正在數錢呢，便聽到外面傳來桃紅的聲音，她站起來，開門就見到展明。

「展大哥，這麼晚了，你怎麼在這裡？」

「怎麼，不歡迎？」

「怎麼會？」柳好好不好意思地說道：「請進，就是有點亂。」

看著裡面的佈置，展明笑了笑。「之前還以為妳的做法雖然新奇，但是不一定得到其他人的喜歡，可我現在發現，原來是自己見識淺薄了。」

「展大哥說笑了。」柳好好有些不好意思。「地方小，你慢點。」

這裡東西的確很多，各種各樣的玩偶放在籮筐裡，看得展明眼睛都熱了，但是他知道別看這裡多，但實際上只要拿出去，明天就會賣完了，京城裡不缺那些有錢的人。

「沒事。」他感慨地道：「真沒想到，妳這個小東西竟然賣得這麼好。」

說著，他的視線落在了不遠處的兩隻兔子身上。

「這是新商品？」

柳好好點點頭。

「天哪，可以賣給我嗎？放心，我一定按照原價買！」

柳好好看著剛做出來的玩偶，這可是獨一份，之前這兔子已經做出來三個，是一套的，但因為生產慢、效率低，所以很多人都沒有買齊一整套。現在又出現了兩個，她能夠想像到那些人會是什麼表情了。

就算這位按照之前的價錢買，她也是虧本。

「不行。」柳好好擺擺手。「這個我暫時還沒有想要拿出去賣的想法。」

這個做得還不是很好，而且她已經想著，這種兔子準備來一套，一套八個，各種姿勢、各種服裝、各種表情來一批，限量發售，每次只拿一、兩種出來賣，等到年底再舉行活動，湊齊八隻的可以抽獎……

所以，這兩隻兔子可不能流出去，不過也不能這樣一直收在這裡，她可是準備送給弟弟的。

「這個我還有用處。」

展明對這些並沒有興趣，但是架不住家裡人喜歡啊！想到自己那幾個妹妹，還有娘親和祖母對這些小動物都非常喜歡，就覺得有些不可思議。

「咳咳，那我能走個關係嗎？」

「這個倒是可以。」說著，柳好好把剛做好的兩隻小狐狸玩偶給拿出來，模樣火紅，狐狸耳朵上的毛可是真的狐狸毛，眼珠子還是特地請人做的木圓珠染上色的，雖然沒有玻璃的透明，也是唯妙唯肖了。

「這個……」

展明雖說對玩偶沒有什麼想法，但是看著這樣活靈活現的小東西，不得不說真的是非常漂亮。

「這是……給我的？」

「嗯，只要展大哥不嫌棄就好。」

展明笑了起來。這一看就是新的，怎麼可能嫌棄？等他拿到手之後，更是喜歡，不過一想到家裡的那幾個女人，突然覺得這要是帶回去了，定然是一陣腥風血雨……

「對了，這個給妳。」

「這是什麼？」

柳好好不明白地打開，發現竟是兩張地契，仔細一看，就是她這個店鋪的旁邊那兩間。

「這……」

「雲公子說了，這店鋪交給妳才是最好的。」展明也沒有隱瞞。「看來雲公子對妳真的非常放心。」

柳好好更不好意思了。「這只是些投機取巧的小玩意。」

展明笑而不語。就算這些真的是投機取巧的小玩意，但是賺到的錢可是不少呢，這不他家裡都花了不少……

「妳說妳怎麼這麼聰明呢？」

柳好好總不能告訴這位大哥，她曾經見到的比這個還要多嗎？自己不過是模仿罷了。

說了一會兒之後，展明便抱著紅狐狸玩偶施施然地離開了。

在他剛剛跨入侯府內院，就見幾個妹妹衝了出來，一看到他手中的東西，立刻飛奔過來搶，那兇悍的模樣簡直比上戰場的士兵還要恐怖。

「吾兒，這東西做得不錯。」

好吧，連娘親都出來了，那嚴肅的臉上也帶了幾分滿意，一句話就把小狐狸給弄回去了。

侯府的腥風血雨，柳好好當然不知道。對於這些玩偶最近的走貨速度，她已經有了一個大概的了解，顯然，自己做的還是太少了，看來還是得招人了。

只是……

她的眼神落在一份名單上。之前招來大約二十個繡娘，其中有兩個竟然和其他繡莊的人接觸，估計是有什麼想法了。

不過，她也不怕，玩偶好做，問題是怎麼樣做得好看還要軟萌就難了。對於一個看過沒有上百部也有幾十部動漫的她，想要弄幾個卡通玩偶不要太簡單。

而且她的目標可不是幾隻小兔子小老鼠，而是訂製娃娃！

不過，現在的進度還是慢了點。

於是，她決定繼續找工人，不一定非要繡娘，只要手工不錯的都可以報名。

這個消息一放出去，京城裡的人頓時熱鬧起來了。

雖說京城裡有錢的人多，但是普通老百姓更多，特別是很多女子想要幫助家計卻不得其法，有的人會點手工，卻也賺不了幾個錢。現在聽說梧風閣招人，而且是只要針線活不錯的就可以了，工錢給得還那麼高，她們怎麼可能不心動？

所以，才一會兒的功夫，柳好好直接招收到五十個人。

「妳們拿著這些回去做，等到交上來給我看，過關的就留下來；若是過不了關，那就不行了。」

桃紅最近可是揚眉吐氣了，作為一個從小山村裡走出來的小丫頭，現在竟然可以挺直了胸口管理這麼多人，這是什麼？這叫——

管他什麼，反正現在非常開心。

「是。」

這些報名過來的女子，有結過婚的婦人，也有未婚少女，她們來這裡就是為了賺錢，自然會把東家交代的事情辦好。

於是，每一個人很快領到了自己的任務，然後開開心心地走了。

柳好好又尋思，正好有了店鋪，一家鋪子可以開玩具店，另外一家想要弄一個包包鋪子！

女人沒有包怎麼可以，拎包、挎包、背包、雙肩包……想想都很激動呢，開玩笑，到時候她一定會引領京城時尚風潮！

不過，事情太多了，眼前只能慢慢來，還是先好好地裝修鋪子吧。

想到裝修，她又要忙了。

不過，忙著忙著，科舉也開始了。

一連七天，想到弟弟吃飯如廁都在那個狹小的空間裡，柳好好就緊張得快要暈過去了。開玩笑，這個小子才十四歲啊，能堅持得下來嗎？

「東家，別緊張，少爺一定會沒事的。」

「是啊，少爺這麼厲害，肯定沒事的，書院的夫子都誇他有靈性呢！」

雖然這麼說，但是看著柳好好緊張地在轉來轉去，桃紅和小豆子也緊張地轉來轉去，好像這樣就能把時間給轉得快一點似的。

「太緊張了……不行，我得去廟裡拜拜。聽說這邊的法源寺挺靈驗的，咱們一起去？」

說走就走，行動就是快如風！

「東家，您等等，小豆子給妳排隊。」

「不用了，我自己排隊，這種事情一定要講究心誠。」

於是，柳好好恭恭敬敬地站在廟門口等著，等了約莫半個時辰才輪到她點香跪拜。

小豆子和桃紅趕緊跟上去，也紛紛跪在一旁，一邊拜一邊絮絮叨叨地道：「菩薩保佑，菩薩保佑我們少爺能夠高中！」

柳好好抬頭，看著慈眉善目的菩薩，恭敬跪拜。「菩薩保佑我弟弟柳文遠能夠平安。」至於高中，只要身體能夠挨得過去，絕對沒有問題的！

把香插入香爐之後，她來到一位大師面前，抽了一支籤。

「大師，我想問功名。」

「上上籤，恭喜。」大師笑了笑。「施主好運氣，這籤詩可是多年未見了呢。心想事成。」

「啊，東家，大師說心想事成。」

「哈哈哈，我就說了，少爺一定可以的！」

柳好好也開心地笑了。

知道考試要好幾天，柳好好也不著急了，乾脆回店鋪整理自己的生意。因為兩邊的店鋪都在動工，目前做出來的娃娃數量也多了，所以這兩天梧風閣做了個活動——抽獎。

客流量到了一定地步，自然就要想新活動。

她宣佈，在開業的第一個月，為了慶祝大家的支持，梧風閣出了紀念版的周邊。所謂周邊，便是以故事中的人物形象做出來的各種小玩意。

畢竟開業才一個月，她也不想弄得聲勢太過浩大，便決定凡是當天來鋪子消費的客人都有機會參與抽獎，第一名便是《龍女傳》裡龍女形象玩偶。

這可是一個真正的人形玩偶，柳好好特地請能工巧匠做出一個龍女形象的娃娃，四肢能夠活動，而且可以更換衣服。

連帶著這個人偶有四套衣服、四雙鞋子，精緻的髮釵也有好幾個，若是喜歡的話，也可以自己縫製。

就見到頭長小犄角的龍女張著一雙水汪汪的大眼睛，身穿粉色長裙，瞬間就吸引了無數人的視線。

「這家店的老闆說了，今天只要消費就可以參加抽獎！」

「而且，這玩偶是不出售的！」

「也就是說，想買都買不到？」

「怎麼會有這麼可愛的東西，栩栩若生啊這是！」

柳好好躲在三樓的包廂中，聽到了很多客人驚喜的聲音，笑了起來。開玩笑，有多少女人能夠抗拒得了人偶的誘惑？而且這是她柳好好獨創的！為了區別，她還在最隱蔽的地方刻上了梧風閣的印章，省得到時候出現仿冒品。

「各位客官，今天是我們梧風閣開張一個月，東家為了感謝各位厚愛，特地舉行抽獎活動！」

然後便聽到下面許許多多的尖叫聲。

雖說是接待女客，但是大戶人家的小姐自然是有僕人跟著的。這些人嗓門也不小，加上丫鬟助陣，氣氛一下子就熱絡起來了。

特別是這個龍女的木偶拿出來的時候，底下眾人已經無法說話了，實在是太好看了，而且那衣服做工考究，絕對不是隨意拿出來的東西。

「這個周邊商品是我們梧風閣第一次拿出來的，我們不會出售，只用做抽獎禮品，所以……」

大家當然不用說明白也知道是什麼意思。這娃娃買不到，抽獎才有。開玩笑，這麼精緻的東西竟然不賣，豈有此理！

「我一定要得到！」

「這一定會是我的。」

「哼，妳們有我們家小姐買的東西多嗎？我們小姐可是這家店的老顧客了，一定會是我們家小姐的！」

「剛才人家說了，今天的東西是抽獎，不是看誰買得多，知道嗎？抽獎懂不懂，那就是靠運氣的！」

「幸虧來了，不然就錯過了。」

「對啊，好期待，那個龍女真的好漂亮。」

「好想回去親手給她換衣服……」

聽著這些人嘰嘰喳喳地說著，柳好好捧著懷裡的一盆花，輕柔撫摸著。

真是讓人開心呢，沒想到有這麼多人喜歡。

「好好、好好，以後真的不賣嗎？」

柳好好笑了笑。「這玩意做起來實在是太複雜了，而且……」那個細細的聲音裡帶著幾分佩服。「好厲害啊。」

「哈哈，我當然厲害啦！」

看著下面的人越來越激動，甚至包廂裡也蠢蠢欲動，柳好好激動地覺得銀子都長著翅膀飛過來了。

「還有一刻鐘的時間，我們便要開始抽獎了……這些號碼牌是各位客官今日進門時候發的，相信每一位手中都有一個相同的。」

「等會兒我會把這些給放在滾筒裡，然後轉出數字，我們會報數字的，若是對上您手中的數字，那麼恭喜您，今天您就是咱們梧風閣的幸運者！」

那個龍女玩偶是特等獎，還有一等獎兩位，是活靈活現的狐狸玩偶，也惹得無數人心動不已。二等獎是套娃，三等獎便是折價券。

「現在，我們開始抽三等獎。大家知道今天光臨梧風閣的客官都是非常滿意咱們的服務，為了回報各位，咱們東家決定給十位幸運客官贈送五折券！是的，沒有聽錯，五折！」

梧風閣裡好玩的東西多，消費自然也是不便宜的，吃著喝著玩著，稍微花點一、二十兩就沒了；若是想再買點東西，那麼三、五十兩都是少的。有時，就算是家纏萬貫也覺得心底受不了啊……

現在有個五折的折價券，不管是幹麼的，抽到了就高興了！

於是，在場眾人都是摩拳擦掌，雙眸死死地盯著那個抽獎箱。

「第一位，編號一零八。」主持人喊了起來，接著聽到大廳的位置有個嗓音尖叫起來。

「啊，是我、是我！我中了！」

柳好好坐在三樓包廂的陽臺上看著，見到下面的氣氛越來越熱烈，嘴角的弧度更明顯了。

忽然，啪——腦門被拍了一下。

被打蒙了的她有些不解地看著突然出現在包廂裡的雲溪，還有身邊的展明。

「要掉下去了。」雲溪漫不經心地提醒著。「為什麼那娃娃不賣？」

「既然是好東西，自然是越稀有越好。再說了，不能什麼都拿來賺錢，那不就少了一份美好嗎？」

「妙！」展明猛地拍手。「沒想到妳倒是想得如此明白。不過就算這個娃娃不賣，妳今晚賺得也不少啊！」

柳好好不好意思地笑了笑。「我只是賺了點零用錢。」

「是嗎？別逗我了，若只是一點零用錢，那麼在這京城之內就沒有能夠賺錢的事物了。」

她笑了笑。自己還差得遠呢。

「又被抽走一個了！」展明朝下看了看，低聲道，隱隱還有幾分興趣。

見他如此，柳好好也笑了。「展大哥，雖然那特等獎的娃娃不銷售，但是其他的，我是準備拿出來賣的。」

「其他的娃娃準備大量販賣？」

「是，我這個梧風閣旁邊的兩個店鋪正在裝修，等到鋪子弄好了，其中一家就準備用來賣這些玩偶，還有一些其他樣式的玩具。」

「還有其他的玩具?!」

雲溪見狀，那雙帶著幾分風情的眸子裡閃過一抹笑意，旁邊的展明更是嘖嘖稱奇。

第七十三章

包廂內，幾個人就這麼興沖沖地看著下方，畢竟前面的都已經抽到了，最後一個大獎，可是非常緊張刺激呢！

「下面，我們的大獎馬上就要揭曉了！」

木架上，那個栩栩如生的娃娃穿著華貴精緻的服裝，旁邊的支架上又掛了好幾套衣服，吸引在場無數人的眼光。

「真的好漂亮。」

其實柳好好也沒想到這龍女娃娃竟然會這麼受歡迎。

不過就算她想到了，也不覺得要拿出來賣，畢竟娃娃的製作成本高，而且做一個娃娃賺的錢並沒有玩偶賺得多。

站在臺上的年輕男子便是柳好好請來的說書人，口才好、有氣質，而且能夠帶動氣氛。

在短暫的停頓之後，他笑咪咪地說道：「我想各位客官肯定擔心我會不會作假，我敢保證我不會！但是為了讓人放心……」他又故意停頓了一下，便道：「今天便煩勞曹小姐幫個忙，來抽取今天的大獎！」

曹小姐曹雨書便是開幕當日第一個進來的那位姑娘。

念出她的名字時，就見到後臺的輕紗慢慢掀起，穿著淡綠色長裙的女子在一個丫鬟的攙扶下慢慢走出來，面上也戴著一面薄紗，姣好的容顏若隱若現，更是惹人注意。

「其實小女子也是今日的客官之一，也是非常喜歡這個娃娃，不過……」曹小姐盈盈一笑。「還是看看誰是今天的幸運兒吧！」

那一夜的轟動最後成了京城的傳說，無數人激動地口耳相傳，恨不得進去一睹為快。

然而，獲得滿堂彩的某個女人心思根本不在這裡，而是明天即將結束的考試。

這日，柳好好早早就起來，穿戴之後，匆忙吃了點東西墊墊肚子便飛快地來到試院門口等待著。

可到了才發現，原來已經有很多考生的家屬在等著了，自己還不是最早的。

「東家，咱們不著急，還有段時間呢。」

桃紅扶著她，小豆子更是努力隔出一點點空間，生怕別人衝撞了東家。

「嗯。」她嘴上答應，心裡還是非常緊張。

當太陽緩緩地升起來，就聽到有人喊：「開門了！開門了！」

「快，快過去！」

柳好好飛快擠過去，明德這時候也發現他們了，迅速過來。「東家，您小心點。」

「沒事，明德你個子高，快點看看少爺什麼時候出來。」

「好唻。」明德一聽，立刻就伸長脖子看著試院門口，很快就見到柳文遠拎著個小布袋走出來了。

「少爺、少爺，這邊！這邊！」

此時的柳文遠其實非常疲憊，但是走出大門的時候立刻找到了呼喊自己的聲音，扭頭看過去，就見明德拚命地招手。

而擠在人群中晃來晃去的那個，不正是自己的姐姐？

頓時，所有的疲憊都消失了。他趕緊走過去，撥開人群，抓起柳好好的手腕。「姐姐，為何不在家等我，而是跑到這裡來？走，我們回去。」

柳好好笑了笑。「自然是來接你啊，我這不是擔心你嗎？」

知道她來的原因，柳文遠也不好真的生氣。「人太多了，妳小心摔倒。」

「我知道的，放心吧。」再說了，還帶著幾個人呢。「我們先回去，讓你洗漱洗漱，吃一頓之後好好睡一覺。至於其他的，別管了！」成績什麼的便不是他們能決定的了，只能順其自然。

「好。」

見弟弟點頭，柳好好笑了，眉眼彎彎。

坐在馬車內，柳文遠十分自信地說道：「我應該能考中。」

「我信你！」

考中那是肯定的，也就是名次問題。所以她完全沒擔心。再說了，就算考不上那又怎麼樣，弟弟年輕，可以再考，大不了做姐姐的多賺點錢，養著唄。

雖然不知道姐姐心裡在想什麼，但是看她的表情，絕對又是想著怎麼樣養自己。柳文遠很無奈，卻又十分感動。

梧風閣落成、科舉過了之後，柳好好帶著柳文遠從租住的房子裡搬出來了。梧風閣後面的廂房已經收拾得乾乾淨淨的，姊弟倆直接搬過去就好。

回到梧風閣，她讓明德服侍柳文遠洗漱，自己則帶著桃紅去廚房給弟弟做好吃的。

至於蕭雲奚，回府的時候就已經有人送上來一份試卷。

他慢悠悠地晃了晃手中的摺扇，輕笑一聲。「倒是有趣。不過這些看法啊……」為什麼有種是因為他在柳好好身邊耳目渲染而受影響的呢？

「主子，這樣的人若是能夠為我們所用，定然如虎添翼。」

「不。」他淡漠地說道：「太年輕了，看法雖然犀利，但是沒有施行的依據。還得磨練磨練。」

隨著放榜的日子一天近一天，柳好好嘴上說得乾脆，心裡也不免緊張起來。

其實弟弟對這個科舉考試有多重視，她還是看在眼裡的，小傢伙從幾年前就迫切希望自己能夠長大，長大了就能幫她分擔責任，而這份急切只是隱藏起來罷了……

「什麼時候啊？」

「東家，還要一個時辰。」

桃紅也被她感染得緊張起來，時不時踮腳看過去。「明德和小豆子已經過去看了，您別擔心，到時候一定告訴咱們的。」

「是，我知道。」可柳好好急得要死。「要不我自己去看看？」

「東家，您別這樣行不，到時候少爺會說我們的。」

少爺那眼神簡直要人命啊！桃紅抓著她的衣服哀戚懇求。「很快的。就算您過去也沒有用啊！少爺也在啊，您要是過去了，少爺肯定不開心。」

柳好好聽了，只能壓下內心的緊張在這裡等著。

「中了！」

「中了，我中了！」

嘈雜的人聲裡紛紛傳來驚喜的聲音，只見到好幾個人又笑又哭，狀若瘋癲，看來激動得已經不知道怎麼表達自己的心情了。

「哈哈哈，我中了，我中了！」

「天哪，我怎麼辦，今年已經是第十次了……我媳婦說了，若是再考不中就要和她一起賣豬肉……」

柳好好在聽到聲音的第一時間就衝出去了。

「快點，怎麼回事？」

「東家、東家！」明德的臉上都是喜意，拚命從人群中擠出來，激動地道：「中了、中了！咱們少爺中了！」

可高中的柳文遠眉頭是皺著的，顯然對於自己的名次不是很滿意。

「咱們少爺可厲害呢，在前二十名，可入殿試！殿試啊，東家，咱們少爺太厲害了、太厲害了！」

這成績完完全全可以拿出去炫耀了，不過柳文遠並不開心，讓柳好好有些奇怪，不由得問道：「怎麼了？」

柳文遠搖搖頭。「沒什麼。」

他甩掉心中的不開心，笑了起來。「姐姐說得是，反正也是考上了。姐姐，以後我也能保護妳了。」

柳好好愣了一下，但很快便笑了，摸摸他的腦袋。「小傢伙，我知道你的心意，不過千萬不要急於求成，知道嗎？」

「知道啦。」

柳文遠難得露出這樣純真的表情，少年意氣風發，心情在姐姐的安慰下也轉為輕鬆。

年僅十四歲的柳文遠考上了，還是前二十名，去了殿試之後甚至有可能更前進，這個消息很快就傳遍了京城。

柳好好深深地看了自己弟弟一眼，想著這個小豆丁竟然長成了如今這個風度翩翩的少年郎，自豪之餘，更多的是感慨。

她不知道，當初若是自己沒找到那些珍奇的花草，他們一家人會怎麼活下來？

喝了點酒，柳好好整個人暈乎乎的，雙頰也泛出點點紅色，眼神迷離，長髮也自然地垂落下來，半遮著巴掌大的小臉。身上衣服也有些鬆散，整個人散發出來的慵懶就像是迷人的好酒，令人垂涎。

柳文遠看得那個是心驚肉跳。姐姐越來越好看了，這若是被那些公子哥們看見的話，肯定要惹來一大堆的麻煩。

「桃紅，趕緊讓東家洗漱洗漱，好好休息。」

「是。」桃紅趕緊應了下來。

不知道為什麼，少爺面無表情的時候特別嚇人。

戰戰兢兢的桃紅趕緊走過去扶著柳好好，將她送回去睡覺了。

突然，已經上床休息的柳好好甩了甩頭，雙眼直盯著外面，看得桃紅有些莫名。

「東家？」

「行了，我沒事。」

無奈，桃紅只好離開了。

等人離開之後，柳好好從床上坐起來，穿上鞋跑到房門口伸出頭看了看。

「難道是我看錯了？」

有些不確定，但是她剛才真的看到一個人影閃過，而那個人影特別像……

她拍了拍自己的腦袋，有些自嘲地笑了笑。「真是喝多了，那個人現在還在西北呢，怎麼可能出現在這裡？」

小聲嘀咕著，心裡卻是酸酸的。這麼想著，反而真的睡不著了，這個傢伙啊……她都已經大半年沒有見過他了，也不知道西北那邊是什麼情況。

不過，沒有消息就說明沒有什麼危險，蠻族也肯定沒有動靜，算是一個好消息吧？

「欸……」

長長地嘆口氣，本來縮到了被窩裡的她，還是睡不著，乾脆披了件衣服，起身推開窗，雙手撐著窗櫺，呆呆地看著外面。

天上又一個彎月，朦朦朧朧得讓人只能隱約看清楚景色。夜空乾淨，那一顆顆星星就像是寶石一樣地鑲嵌在上面，讓人漸漸沈醉。

大概也只在這個古代才能夠看到這樣漂亮的星空了。

就在她出神地盯著天上的時候，突然被人猛地抱住，她下意識地想要掙脫，就聽到耳邊響起熟悉的聲音。「是我。」

簡單的兩個字一下子鑽進了耳朵，敲擊著耳膜，讓她的心臟也不受控制地跟著跳動，像是一朵絢麗的煙花在腦子裡炸開。

「是我。」

男人灼熱的氣息在耳邊暈染，讓她整個人都暈了。一定是晚上的酒喝得太多了，不然為什麼會渾身燥熱，全身發軟呢？

但是……

「放開我。」柳好好故作冷淡地說道。

宮翎不知道怎麼回事，只能放開手，見懷裡的小人兒轉身看著自己。

柳好好看著那雙黑色的明亮眸子裡帶著急切和思念，更多的是情意。被這樣的眼睛盯著，就算自己想要生氣也沒有辦法了。

於是，她裝作生氣的模樣。「你怎麼會在這裡？」

宮翎冷硬的五官上帶著柔和，那眼睛就這麼望著她，似乎只有這樣才能把人給刻在眼中，印在腦海裡。

那樣深情而專注，讓她不爭氣得臉頰都紅了。

「我想妳了。」

「當我三歲小孩子呢，你這個傢伙身有官職，隨便離開肯定是要受處罰的，到底怎麼回事？」

見到她這麼問，宮翎的眉眼漸漸地展開了。

「妳走了這麼長時間都沒回去，我自然是要找的。」宮翎認真說道，然後厚顏無恥地抓著柳好好的手。「我很擔心妳。一走就大半年，想我嗎？」

柳好好有些不好意思地想要把手拽回去，但是不管怎麼使力都沒辦法，無奈之下只能放棄了。

宮翎的手又大又熱，掌心因為常年練武還有些粗糙，摩擦在自己皮膚上的時候帶著一股戰慄。

她不知道想到了什麼，臉更紅了。

「讓我抱抱妳。」宮翎低聲說道。

本來就是非常好聽的磁性嗓音，故意放低了之後，更惹得人耳尖都在顫抖，真是太過分了！

「剛才我沒有看錯，真的是你？」

「嗯。」懷裡抱著自己的女人，那種遺憾瞬間填補上了，愉悅得似乎靈魂都在叫囂。

宮翎深深地吸了一口氣，連日來這樣日夜兼程趕路的疲乏在瞬間消失了，鼻尖是屬於她的味道，這種滋味真的是太好了。

「我準備推門進來的，就聽到妳們說話。」

「哼，為什麼不寫信告訴我？」

「寫信不夠快。」

聞言，柳好好原本還有些扭捏的情緒瞬間就被酸澀給淹沒了。

「我不眠不休趕了三天，終於趕到了京城。」

「你這是……」

「今上讓我回朝述職，為了能夠先和妳見面，所以……我想先看看妳，最好多陪陪妳。」宮翎淡淡道，像是今天的天氣很好一樣這麼平靜，但是每一句話落在心裡都讓她感動酸澀。

「你真是……」她已經不知道該說什麼好了，這個傢伙。

「我回來之後，想離開宮家。」

「什麼？」

宮翎牽著她的手，低聲道：「只有離開宮家，我才能給妳安穩的生活，到時候妳嫁給我可好？」

咚！咚咚！咚咚咚！

心跳聲震耳欲聾，柳好好甚至有種心臟快要從胸腔裡跳出來的感覺。

宮翎看著她，目光溫柔而寵溺，而她呆傻得完全沒有了反應。

嫁……嫁給他?!

第七十四章

這一夜睡得非常香甜，柳好好從被窩裡爬起來的時候，腦袋還是暈乎乎的，總覺得好像有什麼事情忘記了似的……

「天哪！」

昨晚是作夢了嗎？宮翎竟然到京城了！

想了想，她又自嘲地笑了笑。「怎麼可能？這麼遠，那個傢伙還要駐在西北呢。」

她伸個懶腰站起來，想到昨晚的「夢」，笑了兩聲。真好，宮翎說要娶她呢，而且為了給她一個安穩自由的未來，竟然想要脫離本家。

這真是……作夢啊！

然而當她走到桌前的時候，看見字條上熟悉的字體，整個人都不好了。

這……是真的？她不敢置信地把字條拿起來。

「吾先離開，晚歸。」

她癡癡地看著那張字條，心裡那種鼓鼓脹脹的感覺瞬間湧上來，雙眸也泛起了酸澀。

這個男人啊……明明話不多，可是做事為什麼讓人這麼心動呢？

她小心翼翼把字條給收起來，想到這個傢伙晚上還會回來，心情就美好得飛起。

「東家，今天心情很好啊？」桃紅疑惑地看著她。

實在是從早晨到現在，東家臉上的笑容就一直沒有下去過，實在是有些誇張了。

「是嗎？有麼？」

就見到桃紅和小豆子都十分誠懇地點點頭，至於柳文遠，也是若有所思地盯著她。

「哈哈，怎麼可能，這不是文遠考上了，我開心嗎？」

「是嗎？」柳文遠拉長了聲音，問道。

柳好好的臉色有些羞赧，然後狠狠點頭。「當然啦，不然我怎麼可能這麼開心，哪有什麼其他讓我開心的事情？」

「那就好。」柳文遠慢悠悠地說道：「只要姐姐開心，那我就滿足了。」

雖然不知道為什麼，但她總覺得弟弟好像知道了什麼。

柳文遠若有所思地盯著姐姐的背影，瞇了瞇眼睛，似乎在想著什麼。

而柳好好則是偷偷摸摸地拍了拍胸口，雖然自己談個戀愛也不算什麼大事，可是不知道為什麼只要被弟弟的那雙眼睛盯著，就有些害怕啊……

「東家，您能不能別笑了……」

晚飯時，柳好好還是控制不住臉上的笑容。桃紅覺得東家絕對不會只是因為少爺高中而笑成這樣，肯定有什麼自己不知道的事。

「怎麼了，我笑了嗎？肯定是你們看錯了。」

柳好好嘴上這麼說，眼睛卻是時不時地盯著外面，心裡默默鬱悶著，為什麼到現在天還沒有黑呢？

夜幕降臨，她早早就把丫鬟給打發走了，自己穿著女裝，雙手托腮地趴在窗邊望著外面。

當宮翎踏著月光而來的時候，便見到她笑得傻兮兮的模樣，還沒有開口說話，卻又一臉惆悵。說真的，他很少見到表情如此豐富的人。

「在想什麼？」

「啊？」

想得出神的她，完全沒注意宮翎突然出現在面前，嚇了一跳。

「你這樣會嚇死人的！」她沒好氣地白了一眼，見外面沒有人，趕緊抓著男人的手。

「還不進來。」

宮翎嘴角勾了起來，看著柳好好偷偷摸摸的樣子，覺得好笑又有些心暖。不管什麼時候，哪怕嘴上再怎麼嫌棄，好好可是從來對自己都是心軟的。

「是不是很忙？」

宮翎昨晚來得匆忙，自然沒有好好看這裡的佈置，現在倒是有心思認真地看起來。她住的這是梧風閣的後廂房，相對於前面的奢華佈置，這裡倒是簡單樸素了很多。

「不是。是我不能讓別人知道。」宮翎認真道：「尤其不能讓我的家人知道妳的存在，不過等一切弄好之後就沒有關係了。」

「等等，你說這話什麼意思，你恢復記憶了？」柳好好忽然注意到一個關鍵。

宮翎整個人僵了一下，看著她。「好好，我……其實並沒有失憶。」

說完，他便直盯著她，雖然面無表情，但是不知道為什麼總覺得這個男人僵硬的背後是忐忑不安。

「那你為什麼……」

「當時情勢所逼，我和將軍設計要抓奸細，於是將計就計地受傷離開西北，再加上我……想要見見妳，又害怕給妳帶來危險，所以便謊稱失憶……」

柳好好只覺得一口氣憋在胸口上不去下不來，渾身都不舒服。

見狀，他趕緊抱著她解釋。「我是宮家庶子，並不受寵。我母親早逝，夫人視我為眼中釘，當初因為我偷偷習武被知曉後，她便設計讓我離家，若不是我遇到高手，只怕早已經死在山上……」

柳好好立刻想起來，當初第一次在柳家村的山上遇到十幾歲的少年，他渾身都是煞氣，神情陰冷狠辣。原來是這個原因。

「後來我被推薦入伍，之後因戰功升到了這個位置，家裡人便想要讓我回去聯姻，好給嫡子鋪路。」

柳好好抬頭看著他。「那你……」

「自然不可能答應。」

宮翎冷笑，若不是時機未到，他早就直接揍翻他們，怎麼可能還有什麼閒工夫去和他們廢話。

想到這個，他整個人就散發著濃濃的鬱氣。

柳好好下意識抓著他的大手，小聲道：「沒事的，一定會沒事的。」

宮翎微微一笑，反握住她的手，點點頭。「所以暫時不能讓他們知道妳的存在。」以那些人的性子，若是知道自己喜歡的女人是個商戶女，只怕要鬧得人盡皆知，甚至可能會跑到皇上面前哭訴，想想就覺得煩躁。

「真的可以嗎？」

要知道這時代是最看重孝道的，宮翎若是脫府自立的話，會不會成為仕途上的一大阻礙呢？

「當初入伍，把性命都放在後面為的是什麼，真的以為我看重這個將軍之位？」宮翎冷漠的眼中帶著一絲薄涼。「好好，其實我很自私。我只在乎自己在乎的，其他的，什麼都不是。」

柳好好看著煞氣四溢的他，更是心疼。能夠養成這樣性子，他究竟受過多少罪啊，她只覺得好心疼。

「嗯，我相信你。」

「妳不怕我？」

「我幹麼要怕你？」

柳好好不明白，就算宮翎是個非常自私的人又怎麼樣，這麼多年下來，難道打仗救下的人便不算數了？這傢伙嘴上說自己很差勁，但是多年來卻得到很多人的愛戴，難不成只因為他長得帥？

所以這樣一個心軟的人啊，她怎麼可能會怕呢？

「不怕。」

說著，她抱著男人精瘦的腰，長長吐出一口氣來。「我是心疼你呢，不管怎麼樣，要保護好自己，千萬千萬不要傷害自己。」

聽到柳好好的話，宮翎只覺得自己的心像是被羽毛給輕輕地掃了一下，那種酥麻愉悅的感覺，瞬間就把他的理智給淹沒。

從來沒有人會這麼安慰他……

想到這裡，宮翎愈發覺得她才是真正懂自己的人，心中情緒激盪。他伸出手捧著她的臉，慢慢湊上去，用自己的唇壓住她的。

柳好好不知道怎麼回事，自己只是說了一句，怎麼就惹得這個男人如此激動？但是面對著喜歡的人，她感受著對方的呼吸，也緩緩地閉上眼睛，雙手摟著男人的脖子，生澀地回應起來。

此時，站在門口的柳文遠看到屋子裡面的情形，整個人都要氣炸了。但是看著姐姐眉眼間的溫柔，又看著宮翎對姐姐的態度，雖然他十分不高興，還是忍了下來。

不得不說，有了愛情的滋潤，整個人都不一樣了。柳好好在隔日早晨醒來的時候，想到昨晚的那個吻，整個人都害羞得像是要燃燒起來似的。

她捂著被子偷笑起來，好不容易平復了心情，一出去就見到柳文遠坐在庭院之中，一臉面無表情。

「文遠？這麼早。」

「早？」柳文遠沒好氣地道：「已經日上三竿，姐姐真的覺得早嗎？」

柳好好有些不好意思，縮了縮脖子。「不好意思啊，睡了會兒懶覺……」

柳文遠幽幽地嘆口氣。「姐姐，妳何必瞞著我？我又不是不同意，如此偷偷摸摸的若是被人知曉，如何收拾？」他語重心長地說道：「而且這個傢伙到底什麼時候上門提親，總是這樣，對妳不好！」

柳好好尷尬地抓了抓腦袋。「其實……我不是很想成婚。」

她才十七歲呢，就急著要結婚，太小了吧？總覺得自己還只是個高中生呢。

「不想成婚？」柳文遠沒想到原因竟是這個。什麼意思，姐姐不想成婚，這是故意在吊著人家？「妳……」

「而且宮翎最近有些麻煩，我們之間還是有些問題的，等這些問題解決好了再說婚事吧。」柳好好說得非常真摯，但是看到弟弟一臉無語的模樣，有些擔心地問道：「怎麼了嗎？」

柳文遠搖搖頭。「姐，妳這樣……」

柳好好自己也有些不好意思討論感情事，但是想到未來，她覺得還是不要讓弟弟擔心太多。「別擔心了，你要在意的是自己的殿試，不是我。」

柳文遠點點頭。「我知道。」只有自己走得越高，才能保護姐姐。

柳好好並不知道，這個弟弟早早就把梧風閣裡的人好好地訓誡一番，不管看到什麼都不許往外說，否則就是嚴懲不貸。

正因如此，這兩天宮翎出現在她房裡，都沒消息洩漏出去。

宮翎如今已經被封為驃騎大將軍，官拜二品，封武安伯，賜田畝兩千，黃金千兩……宮家得知消息時，宮家的那位可是激動得差點要暈過去了。

要知道，宮家在先皇在位時還榮耀非常，畢竟祖父那一輩忠心護主而犧牲性命，先太上皇為了表彰祖父的英勇，追封為鎮安公，爵位可以世襲。

只是世襲之後，爵位自然會降，如今已經只是鎮安侯，若是再無人建功立業，繼續傳承下去的話就會降為伯爵，然後是子爵……

然而宮翎的父親才疏學淺，古板又執拗，嘴上說著嫡子嫡孫才是正統，卻不停地在外面拈花惹草，庶子庶女一大堆，生下來又不管不問……更是無恥地強了宮翎的母親，一個只是跟著父親給侯府送菜的農家姑娘。

打從生下來，宮翎就成為宮家人厭惡的存在。在夫人眼中，他的母親是個攀高枝的；在侯爺眼中，這個女人勾引了自己還不知好歹；在其他人眼中，卑賤的農家女只不過得了侯爺的一次寵幸……

他的日子大概也就是在七歲的時候，那個父親突然想起來，還有自己這個兒子，然後給了他一個名字：宮翎。

呵呵，真是可笑。

若不是遇上師父，他早就死了，結果現在這群人竟然厚顏無恥地要求他為宮家謀取利益，還給他訂下婚約。

宮家，宮夫人笑著說道：「阿翎啊，這徐家的姑娘可是一等一的，雖然你現在官職高，但是畢竟這出身……宛如雖然是個庶出的，但是從小也是跟在夫人身邊教養長大的，相貌也是一等一的好。」

宮夫人捂嘴笑著，只是笑意不達眼底，隱隱還有嫉恨。

「是嗎？」

如今的宮翎已經不是當年的他，瘦瘦弱弱、被人欺負，這些年在西北上陣殺敵，爵位也是自己拚命得來的，一個眼神就能把宮夫人給嚇壞了。

他面上沒有表情，整個人透著煞氣，冷冷看過來的時候，嚇得眾人立刻把視線給收回去，特別是那個被當成繼承人培養的嫡長子宮昀，自始至終連一個正視他的目光都不敢有。

宮夫人生有二子一女，長子是侯府世子，二子雖然紈袴卻也算孝順，至於女兒更是京城女眷中的佼佼者，這三個孩子是她這輩子最大的驕傲，可現在……一個爬床的野女人生的孩子，竟然爬在了他們頭上！這個被自己忽略了這麼多年的庶子，如今敢這麼和自己說話，豈有此理！

然而她不敢表現出來，硬是擠出一抹笑。

宮翎看過去，心中百般鄙夷。將門之後如今竟然變成這樣，真是諷刺。

宮夫人訕訕地笑了笑。「母親知道你如今身分斐然，徐家雖然門第不是太高，但對你來說也是一大助力。」

「母親的意思是徐家姑娘和我地位相當，卻配不上哥哥和弟弟？在母親的眼中，如今的我還是可以隨便任人拿捏的是嗎？」

「怎麼說話的呢！」宮夫人不高興了，故作委屈地看著旁邊的當家人。「侯爺您看，阿翎可是誤會我的一番好意了。」

說著，還拿著手絹假惺惺地抹了抹眼角。

當家的侯爺宮允瀟，也正是宮翎的父親，他面相剛正，仔細一看，宮翎的臉部輪廓和他相似，只是和宮翎的煞氣比起來，他多了幾分文弱氣息。

宮允瀟其實非常不喜歡這個兒子，哪怕這兒子明明和自己長得最像。

「我平時就是這麼教你的嗎？何為孝，何為家和？你有如今的地位，還不是因為咱們宮家！」

宮翎冷冷看著這個所謂的父親，雖然臉上沒有什麼表情變化，但是所有人都覺得他一臉鄙夷。

宮翎現在根本不想和他們虛以委蛇，他將手中的長劍慢慢挪到身前，冷漠地看著這群妄圖從自己身上獲取利益的「家人」。

「我想你們弄錯了，皇上召我回京述職，已經答應本將軍的婚事將由我自己決定而皇上賜婚，父親這是想以下犯上嗎？」

這句話說出來之後，所有人都愣住了。特別是宮允瀟，覺得這個庶子根本就是給了自己一巴掌，為何一開始不說，偏偏要現在才說，這是什麼意思？

「正妻不行，也可以娶為妾室。」

宮允瀟冷冷道。這個兒子從小就被自己忽視，但又怎麼樣，有兒子怨恨父親的？別說現在是二品，就算是封侯拜相，也是他的兒子！

在宮家不歡而散之後，宮翎直接來到柳好好的店鋪裡，依然面沈如水。

見狀，她好奇地走過去。「幹什麼呢，這麼大的火氣？是不是誰給你氣受了？」

宮翎望著她，忽然伸出手把人給抱在懷裡，深深地吸了一口氣，壓在內心所有的煩躁終於消失殆盡。

他很想笑，可惜努力了半天只扯出一個特別糟糕的笑容，柳好好苦笑不已。

「行了，別不開心了，我請你吃好吃的。」

「好。」

兩人濃情密意之時，雲溪帶著侍衛高進踏入梧風閣門口，見到兩人愣了愣，這才出聲。

「好好。」

柳好好愣了下之後走過來。「雲公子？真巧。」

「的確挺巧的。」他微微一笑，看著宮翎點點頭。「宮將軍。」

「雲公子。」

「二位這是要去哪？」

「我們正準備吃飯，一起吧！」

「那我們就不客氣了。」雲溪瞇起眼睛笑了笑，跟著兩人進了包廂，十分爽利地點了好幾個菜。

宮翎始終面無表情，不知情的還以為他和雲溪是敵對關係呢。

柳好好是知道他們認識，但是具體怎麼樣，卻又不是很清楚。

「你呢？滷牛肉和紅燒雞怎麼樣？對了，下次咱們回去的時候，我給你做。嗯，給你做點不一樣的牛肉和雞，換換口味。」

宮翎眼中劃過一絲笑意，點點頭。「嗯。」

兩個人這般親密的姿態落入雲溪眼中，一旁的高進瞬間覺得冷了很多，扭頭看過去，果然王爺的臉色已經不能用漆黑來形容了……

第七十五章

聽說皇上原本準備給宮少爺指婚，結果呢，人家其實已經有了喜歡的姑娘，難怪在大殿上求皇上給他自己找夫人的權力呢！

雲溪臉上帶著笑，目光卻是十分冰冷。

「呵，好好，妳和宮將軍的關係什麼時候這麼好？」他狀似懶洋洋地坐在椅子上看著她，可那目光讓柳好好有些不好意思。

她的確不好意思，但是又不知道怎麼說，這個時代的人沒有什麼談戀愛的說法，該怎麼解釋呢？

「好好是我未來的夫人。」宮翎忽然道。

柳好好一下子臉都紅了。這也說得太直白了吧！

「是嗎？也只是未來而已。」雲溪慢悠悠說著，語調沒有什麼變化，但是不知道為什麼，柳好好總感覺氣氛有些不對勁。

「宮將軍既為將軍，自然也該明白自己的婚事是什麼意義。若是宮將軍真的有能力娶她，為何到現在還是『未來』，而不是該下聘了呢？」

柳好好有些發愣，不知道為什麼會說到婚事上面去，趕緊開口道：「這件事不著急、不著急，我現在還小呢，不想嫁人。」

一聽到這句話，在場的三個男人都看過來了，她頓時覺得寒毛都豎起來了。這眼神什麼意思？她才十七，如花呢！

雲溪覺得自己心頭的那股怒氣有些消散了。真是輸給她了。十七歲，沒看見多少十七歲的姑娘都已經當娘了嗎？就算現在不著急，再過兩年呢，當老姑娘嗎？

他覺得自己一直看不透她的想法，從一開始種植那些花花草草的主意，也看不透她哪來那麼多的賺錢點子，結果現在人家對待婚姻的態度也是這麼摸不著頭緒。

「妳啊……」

宮翎更覺得自己受傷，自己心心念念的姑娘，可是三番四次地打回了自己的求婚。他不想成婚嗎？早就想了。在西北的時候他就想要成婚了，可是呢……好惆悵。

好在，飯菜的到來打破了包廂裡怪異的氣氛，大家專心用飯，偶爾問問接下來的打算，轉移話題。

「妳準備回去柳家村了？」

「嗯，我等文遠的殿試成績出來就準備走了。但估計趕不上過年了，所以我已經送了一批年貨回去。」

「妳一個人？」雲溪慢條斯理地問道。

「嗯，宮翎說他這邊的事情忙完了就會回西北，到時候我們一起動身。」柳好好如實說，臉上都是幸福的笑容。

說到這個，她突然想起來。「之前我就想要把大棚的設計圖稿給你，都忘記了，等會兒你看看有沒有時間去拿。」

宮翎坐在旁邊默不出聲，見柳好好和雲溪聊起事業，默默把食物放入她的碗裡。

她見了，點點頭，開心地吃起來。

這時，宮翎慢慢抬起頭看過去，對上雲溪的眼。

雲溪嘴角含笑，眼神冰冷地看著宮翎，兩人的視線在半空中交會，彷彿火花四濺。

「你們在幹什麼？」柳好好抬頭的時候，只見他們安靜地對視，有些疑惑地歪歪頭。

「沒有。」兩個人異口同聲地道，又對視一眼，迅速收回視線。

柳好好有些詫異，更多的卻是覺得好笑。沒想到兩個男人竟然會這麼幼稚，在這裡你瞪我我瞪你，太好笑了。

「好了，我吃飽了。」雲溪起身。「什麼時候要走，告知一聲。最近我挺無聊的，也準備出門轉轉。聽說妳的花棚好像又有新的花出來？」

「你怎麼知道？」

「身為合夥人，若是連這點都不知道的話，還做什麼生意？」

柳好好點點頭。「也對。」

「既然如此，那就卻之不恭了……」

「不能免費。」宮翎突然開口道：「哪怕是合夥，也要公私分明。」

他在柳家村待了一段時間，自然知道一盆稀有花草的價值，隨隨便便拿出去都是高價，哪有合夥人便能吃白食的道理。

雲溪似笑非笑。「自然，本少爺還缺這麼點？」

「那可不一定，畢竟有的人覺得這是自己的，拿點自己的不給錢是理所當然。」

「呵，你以為我是你嗎？」

柳好好賺的錢還真的是給自己了。

雲溪覺得自己贏了，甩了甩衣袖，十分瀟灑地離開了，看得宮翎那個氣啊。

「給你花錢，我願意啊。」柳好好笑道，藉著寬大的衣袖悄悄地抓住男人的手，手指輕輕地摸了摸他掌心。

宮翎看著她，覺得自己真的是太沒有用了。雖然現在官職挺高，還不是得靠未來夫人養著，皇上賜的那些田地，放在自己的手裡根本一點價值都沒有。

「好好，我在欽州還有良田，一直沒去看，手中還有鋪子，可是也沒什麼打理。」

柳好好震驚了，她一直以為宮翎很窮的。

「這些都是上面賞賜的，但是妳知道，我是個什麼都不懂的，現在我把這些東西都給妳，妳幫我打理吧！」

一夜暴富是什麼滋味？這就是啊！

「你確定？」她疑惑地確認。

「嗯，我的就是妳的，再說了這些本來就是應該給娘子打理，我不過是提前交到妳的手上而已。給自己娘子的東西，不用算得太清楚。」

宮翎面色誠懇，再加上如此慎重的語氣，讓柳好好感動得無以復加。但更多的卻是羞澀。這個傢伙竟然說什麼娘子，他們還沒有訂親更沒有成親，只是戀愛好不好？

可心裡甜滋滋的是怎麼回事？「好。」

「既然如此，等我回去之後，抽個時間把地契房契給妳送來。」

宮翎說到做到，柳好好剛回店裡沒有一會兒的功夫，便有人端著箱子過來了。打開箱子，裡面是厚厚的一遝房契、地契、賣身契什麼的。

「真有錢。」

送箱子的男人聽到，笑了笑。「這是咱們將軍所有的家產了。」

「那也比我多。」柳好好笑了笑。「放心吧，我一定會讓你們將軍賺錢的，不然以後肯定會餓著的。」

「那就代將軍謝過柳姑娘，也代西北所有的將士謝過柳姑娘了。」

「不、不用客氣。」被這樣鄭重地道謝，柳好好倒有些不好意思。

等人走了之後，她慢慢整理起來。

果然啊，這個傢伙除了打仗，想必也沒有什麼在意的了，這麼多的財產估計都不知道在什麼地方。

「姐，這些是……」

「宮翎送來的，我幫著打理一下。」

柳文遠走過去看著厚厚一遝的東西，眼神動了動。

「姐姐又要辛苦了。」

「你知道的，你姐姐我就喜歡賺錢。」柳好好無所謂地聳聳肩，表示錢越多越好，畢竟西北那個苦地方說不定將來還要花大錢呢，不賺錢怎麼養得起來。

這頭，宮翎忙完剛回府才坐下，一抹身影就進來了。

他依然慢條斯理地喝著茶，而來人也是不客氣地端著茶杯就喝起來。

「看來你是知道我會來。」

「作為睿王身邊第一人，自然是為睿王分憂解難的。」

展明看著搖搖頭，實在是有些承受不來這面無表情又陰陽怪氣的話語。

「將軍言重了，王爺覺得多日不見，又不方便上門，便讓我過來看看。」

「是嗎？」

「還未恭喜將軍。」

「有什麼好恭喜的。」宮翎神色淡淡的，似乎並沒有因為受皇上褒獎而開心。

「呵，起碼離自己的目標更進一步不是嗎？」他笑了笑。宮家的那些人早就讓人覺得噁心了。「需不需要幫忙？」

宮翎搖搖頭。「不用。」這是他自己的事。

展明倒是笑了笑，把懷裡的東西拿出來。「這是王爺讓我送來的，算是朋友間的賀禮。你也知道，王爺最近不方便。」

宮翎這次沒有拒絕，又想到白天雲溪的模樣。「出了什麼事？」

「王爺身分尷尬，如今好不容易做出點成績，卻又被人搶了過去，皇上還發火了，王爺有些委屈。」

「委屈？」宮翎嗤笑一聲。「這麼大了還會委屈，逗我嗎？」

「呵呵。時間不早了，我也該回去了。對了下次見到柳姑娘，代我問好。」

聞言，宮翎嫌棄地擺擺手。

等到展明離開之後，他才打開盒子，看著裡面的東西，目光閃了閃，合上收起來。這個傢伙……竟然會送這麼大的禮。

不過也不用還禮了，畢竟這個傢伙在好好那裡不知道賺了多少錢呢！

時間來到了柳文遠殿試的日子。

柳好好等在宮門外，緊張得不知道該怎麼辦才好，宮翎則是迅速把手上事情都處理好了之後便過來陪她。

「沒事的。」

「但我還是好緊張。」連飯都不想吃了。

「東家，東家，少爺回來了！」

柳好好蹭地從椅子上站起來，衝過去，宮翎伸出手都來不及拉住她，只能無奈地笑了笑，卻什麼都沒有說，跟在後面去接柳文遠了。

「我回來了。」

柳文遠面上帶著溫潤的笑容，那雙眼睛熠熠生輝，看來是滿意的。

「累嗎？餓嗎？要不要先吃點東西，然後好好休息一下。沒關係，我們先回去，我讓桃紅去準備準備，明天帶你去郊遊散散心……」

柳文遠見到姐姐說個沒完，一點都不厭煩，而是仔細聽著，時不時回應她，一幅姐弟情深的畫面。

宮翎站在一邊，臉上漸漸地浮現點點的笑意。

「好，我都答應。」

柳好好也覺得自己有些激動得過頭了，抓著柳文遠的手就往外走，至於宮翎……她走了好幾步才想起來。

「一起啊！」

宮翎好無奈。

柳好好帶著柳文遠，催促著宮翎，迅速回到梧風閣。

一進入梧風閣，她整個人終於輕鬆下來，看得柳文遠好笑不已。

「明明是我考試，姐姐怎麼比我還緊張。」可看著柳好好這一頭汗水，他又心疼了。

「姐姐放心，不管什麼成績我都會接受的。」

「嗯。」

柳好好看著日漸長大的弟弟，想到剛剛穿越過來的時候，站在自己身邊叫著姐姐的乾瘦小娃娃，頓時百感交集起來。

她幽幽嘆口氣。「沒想到一晃眼都七年了……」

七年了，現在的自己變成土生土長的大慶人了，前世的生活變成了曾經，那麼遙遠……

這晚，她滿腹心思地躺在床上，翻來覆去睡不著。

最終她嘆口氣下床，走出房門，看著外面漫天的星光，又是長嘆。

「想什麼？」

「我們也認識七年了。」

柳好好感慨時間過得真快，除此之外，心頭竟然有種迷茫。

「我想回去了。」

宮翎僵硬了一下，低頭看著懷裡有些犯睏的女人，想了想說道：「嗯，我們很快就回去。」

「嗯，好。」

見狀，他俯身在她的額頭上親了下，然後把人抱起來，小心翼翼地放在床上，蓋好被子，深深地看了她一眼之後才離開。

守在暗處的兩個侍衛整個人都不好了。

從來沒有想過，自己的主子竟然三天兩頭做這種半夜爬牆的事情，太……恐怖了！

一覺睡醒，神清氣爽，柳好好覺得自己作夢吧，竟然大半夜的不睡覺和宮翎在院子裡談人生。

等她看到床頭上放的東西，整個人不淡定了。

一朵玉石雕刻的蓮花吊墜靜靜地躺在床頭上，那麼好的雕工，加上這玉石的品質晶瑩剔透……

她捂著胸口，默默地感慨，自己這個梧風閣的院牆那麼高，這傢伙還來去自如，她是不是要再修建得高一點？

不過想到宮翎的武功，再高的牆也擋不住一個高手。

她笑了笑，把玉墜掛在脖子上。沒想到這還是鏤空雕刻，遠遠看上去，真像是一朵徐徐盛開的蓮花。

「姐。」

柳文遠出來的時候，就見到柳好好臉上的紅暈，往下便見到她脖子上的玉墜，轉念一想就知道是怎麼回事了。

「很漂亮。」

「是嗎？我也覺得很好看。」

她把玉墜拿起來，對著陽光，通透的玉石折射出璀璨的光輝，就像她的心一樣。

看著姐姐高興，柳文遠搖搖頭，趕緊吩咐人去準備早飯。

殿試要出成績，但是隨著時刻越來越近，柳好好反而越來越不鎮定。

「欸，文遠，別擔心，如果你覺得不好，咱們從頭來也行。再說就算名次靠後，咱們也算成功了。」

進士便可以當官，何況自家弟弟是進了殿試，怎麼說都是很好的了。

看著姐姐一會兒笑一會兒擔心的樣子，柳文遠都覺得心累了。

「要不，姐我們去城郊轉轉怎麼樣？」

柳好好搖頭。「不去。」

「今天的天氣不錯，若是能出去走走也是好的。」柳文遠對站在旁邊的宮翎說道：「宮大哥，今日忙嗎？」

「不忙。」

「那……姐？」

「別，這兩天我哪裡也不去。」

得，知道勸不動了，兩個男人只得坐在旁邊沈默地守護著，看著她焦急的模樣，好笑之餘，又覺得心裡滿滿的都是感動。

噹──

外面忽然傳來鑼鼓聲，很快就熱鬧起來。

柳好好蹭地站起來衝到門口，就見到桃紅、小豆子都探頭看著外面，於是二話不說走過去，踮著腳跟著看外面。

瞧瞧這幾個人，一個頭壓著一個頭，從門縫裡看過去的樣子，讓人怎麼說才好？

柳文遠扭頭看了一眼宮翎，眼神裡都是警告：不許嫌棄。

宮翎倒是無所謂。

鑼鼓聲越來越接近，眾人屏息凝神，特別是門口這幾個人就這麼眼巴巴地看著那送喜報的人過來，眼神都直了。

此時，坐在對面酒樓的雲溪和展明剛好從窗戶看到這一幕，驚呆了。

好半晌，展明才捂嘴笑了起來。「這……也真是有趣。」

雲溪的眼中帶著幾分淡笑，看著柳好好的模樣，搖搖頭，端起酒杯來。「畢竟是自己家人，可能情急吧。」

「也是。」

可現在看來，王爺對柳好好的態度真的是不一般呢……

當送喜報的人停在梧風閣門口的時候，門口幾個人紛紛看過去。

「請問，這是柳文遠柳探花的住處嗎？」

柳文遠？柳探花？

幾人呆呆地看著報喜的人，眼中是明晃晃的呆愣。

「咳咳！在下便是柳文遠，讓您見笑了。」

「不敢不敢，柳探花果然是一表人才，才智過人，奴才要恭喜柳探花了！」

柳文遠笑了笑，給了報喜的人一兩銀子，又恭恭敬敬地把人送走，轉過身，就見到姐姐帶著幾人愣愣地看著自己。

「少爺？」

「探花？」

「中了？」

「哈哈哈哈，我弟弟果然最厲害！」

第七十六章

在柳好好狂喜的笑聲之中，大家紛紛恭喜柳文遠，柳好好更表示今天的梧風閣將免費贈送十個禮物，以表達自己的開心。

吩咐下去之後，她仍是不敢置信地看著自己的弟弟，一臉驕傲。

被這樣的眼光看著，就算柳文遠是個鎮定的人，也有些不自在。

「姐，在看什麼呢！」

柳好好笑了笑。「就是覺得我弟弟厲害啊！」

「我很厲害，妳不是一直都知道嗎？至於這樣誇張嗎？」柳文遠的臉上有些紅，並不是害羞，而是激動。這麼多年來的願望終於達成了，自己終於可以保護姐姐了！

想到從前姐姐為了保護自己被其他人欺負的樣子，他默默地攥緊拳頭。

「今天的確是個好日子，以文遠的成績，估計要進翰林院。」宮翎在一邊說道：「不過也有可能會變，畢竟他還小。」

柳好好想了想。「沒關係，反正這就是個榮耀，我們柳家村就指望著小子帶回名聲呢！探花郎可是咱們村裡百年來的第一個呢！」

至於做什麼官？沒有什麼問題的。

見她如此開朗，宮翎便不再提這問題。

不過很快，皇上的旨意就下來了，竟然讓柳文遠去宮內做十皇子的伴讀。十皇子是宮中最小的皇子，今年不過七歲。

「真的沒問題嗎？」

都說伴君如伴虎，柳好好其實並不想弟弟進宮，但是聖旨已經下來了，就算不願意也沒有辦法。

「姐，我已經想過了。我年紀小，就算去翰林院也很難施展，而且皇上看上去對我的策論十分滿意，說不定真是想要讓我教教皇子。」

皇上到底是什麼意思，柳文遠不想猜，或者就算是猜到了也不想問；作為一個平民出身的探花，明哲保身才是最重要的。

然而他知道，自從姐姐和那位王爺在生意上合作之後，他們的身上就已經貼上了某人的標籤，如今想撇清也已經來不及了。

看著一無所知的姐姐，他只能說無知是福啊。

「我已經給文遠安排了管事的和幾個丫鬟。」宮翎道：「這是賣身契，管事是我以前救下來的人，之前在鋪子裡幫忙，現在正好可以過來幫文遠。這幾個丫鬟和小廝都是從牙行買的，身分乾乾淨淨，沒有什麼問題。」

「你都安排好了？」

宮翎簡直是男友力爆棚，在柳好好還迷糊的時候，全都安排好了，根本不需要她操心。

「謝謝你。」她抱著宮翎，一臉的甜蜜。

旁邊的柳文遠簡直恨不得把自己的眼珠子給翻過去。看著真礙眼啊……

「東家，雲公子來了。」

兩人深情對望了一眼，還沒來得及說話呢，就被桃紅給打斷了。柳好好只得整理了一下衣服。「我們去前面。」

幾個人來到堂屋，就見到坐在那裡的雲溪慢悠悠地喝茶，見他們過來，目光仍淡淡的。

「一直在忙，沒來得及過來恭喜，好好多擔待。」

「怎麼會，雲公子能來，我已經非常開心了。」

雲溪意味深長地看了她一眼。「開心？哦，不知道是怎麼樣的開心呢？」

「非常開心的那種啊，畢竟咱們認識也這麼多年，自然是開心的。」柳好好大大咧咧地說道。

雲溪揮揮手，示意護衛把東西給送上來。

「這麼多……是不是太重了，我們也是朋友了，沒有必要……」看著一箱一箱抬過來的東西，柳好好莫名有些不安起來。

「好好不必客氣。」雲溪只道：「在本公子的心裡，妳始終是不同的。」

聞言，柳好好只覺得堂屋裡的氣氛變了變，柳文遠下意識看向旁邊的宮翎。

對方的臉上沒什麼情緒變化，但他敏銳地感覺到了對方非常不開心。

「雲公子說笑了。」

雲溪淡淡掃了她一眼，眸光帶著一抹讓人看不清楚的情緒，只是一閃而過，根本捕捉不到。

「妳呢？」

「我？」

柳好好愣了一下，然後就見雲溪似笑非笑地問道：「準備就這麼和宮翎在一起，不考慮考慮其他人？比如說……我。」

本來還淡定的宮翎瞬間就炸了，蹭地拔出長劍衝過去。雲溪也不甘示弱，手中的扇子暗暗施力，看似輕鬆地一轉，迅速擋下他的攻擊。

他眼神一凜。「宮翎，竟然敢如此放肆！」

宮翎顯然是不想搭理這個傢伙，手腕一轉，長劍從下方刁鑽地對準男人的胸口，沒有一點手下留情的意思。

哐噹——

長劍再一次打在扇子上，看似平凡無奇的扇子竟然出現無數鋒利的小刀片，順著劍身就攻了過去。

宮翎收劍，腳尖一點，猛地踢了一個東西過去。

柳好好嚇了一跳，定睛一看，竟然是一個凳子。

然後，就在她目瞪口呆之中，這把凳子碎成了渣渣。

緊接著是桌子，桌上的茶壺就更不用說了，在第一招的時候就從桌面上滾落下來打碎了。

這感覺，真的是非常非常非常地糟心！

「你們幹什麼呢，都給我滾出去！」

柳好好覺得這個時候不管是誰，是大將軍還是什麼身分，統統給她滾出去！

這鋪子不大，但是在京城寸土寸金的地方，知道有多貴嗎？她花了那麼大的心血，結果被兩個人就這麼輕鬆地拆了！

錢啊，這些都是錢！

天哪，氣死了，氣死了！

柳文遠縮了縮脖子，沒有被兩個打起來的人嚇到，卻被姐姐這模樣給嚇到了，乖乖站在一邊，心中默默地為宮翎點蠟。

至於那位雲公子，還是算了，又不是平民百姓可以管的。

兩個人從房裡打到院子，從院子打到街上，然後又從大街上打到僻靜的地方。但即使兩個人有意避開了人群，可驃騎將軍和六王爺大打出手的事情，就這麼沸沸揚揚地傳開了。

兩個人你來我往，打得熱火朝天，周圍的樹都被禍害了。

好不容易趕到的柳好好整個人都不好了，這兩個傢伙到底在幹什麼呢！

「嗚嗚嗚……」

「好疼。」

「壞人！」

「壞人，好疼……」

「天哪，我的老腰——」

柳好好覺得自己的腦袋裡到處都是聲音，各種各樣的，都快要炸開了，特別是看到地上斷掉的樹枝花草，心疼得要死。

「夠了、夠了，你們到底是在幹什麼？發什麼瘋啊！宮翎，你給我住手，你是堂堂大將軍，怎麼可以隨便出手呢！」

聞言，宮翎臉色一沈，對著雲溪狠狠地就是一下，雖然被他避開，但是劍氣卻在雲溪身上劃開一道口子，千金華服就這麼被割裂。

雲溪看了看，絲毫沒有為衣服心疼，反而飄飄落在了柳好好身邊，微微一笑，竟然帶著幾分苦澀。

「好好，沒想到只是一句話……」說著，他那雙眼睛就這麼看著宮翎，然後緩緩說：「難道我就沒有資格嗎？何況這只是愛慕之心，卻無輕薄之意，宮將軍似乎有些過於在意了。難道一句話都不讓說了，宮將軍是否太過霸道？」

「哼！」不管雲溪說什麼，得到的不過是宮翎的冷哼。「狡辯。」

雲溪無所謂，擺擺手，拿著扇子晃了晃。「實話實說而已。」

柳好好根本沒心思管他們，看著滿地的狼藉，還有斷掉的花草，氣得胸口都在喘，抖著手指著地上的東西。

「你們……你們……」

能夠生出靈智的植物可不多，她氣得耳鳴，可見被毀壞的植物是多麼珍貴，這兩個人……

「你們毀了這麼多的東西知道嗎？它們也是有生命的，怎能這麼糟踐……」

柳好好覺得自己要爆炸了。說實話，自從自己有了這個能力之後，對於花花草草就自然感覺親近，真的好心疼啊

雖然知道斷掉的樹木會重新長出來，折的花草會再開，但是這也會疼吧？

她揉揉自己的太陽穴，默默地對著這些花花草草道歉。

「有什麼事，我們回去再說。」

宮翎走過來，明白柳好好是為了什麼生氣，便道：「我把這塊地給買下來，請人精心照顧這些花草可好？」

柳好好搖搖頭。「不用了，先回去，你們這樣打起來實在是有失身分。」

幸虧這個世界沒有什麼狗仔，不然分分鐘上頭條啊！

一群人只得回去了，柳好好見著一路劍拔弩張的兩個人，有些頭疼。

「雲公子，說實話，我並不認為你是個莽撞的人。」

雲溪看似漫不經心地搖著扇子，充滿魅力的眼睛帶著笑意看著她，那溫柔的模樣好像真的非常喜歡她似的。

「若你真的喜歡我的話，應該不是如今才表示。」

「怎麼會，我這不是看著妳快要和宮翎在一起了，此時不說更待何時？」

「不，以你的情報，自然能知道我和宮翎到底是什麼時候在一起的。前後算算，我們早就有了感情，就算雲公子被什麼事情絆住了，但是這一年的時間不可能什麼都不做，任由我們越走越近……雲公子，別開玩笑了好嗎？」

柳好好有些頭疼，完全不知道這位公子到底是怎麼想的，怎麼突然間會說這樣的話。

啪。雲溪猛地收起扇子，緩步走到她的面前，居高臨下地看著她。

「以前我以為妳只是做生意不錯，現在看來，頭腦也還可以。」說完，他漫不經心地再道：「行了，我只不過是開個玩笑，試試你們罷了。」

柳好好哭笑不得，這種事也能開玩笑嗎？會嚇死人的。

「行了，禮也送到了，該說的話也說了，就不打擾了。」說完，他帶著人就這麼走了。

這時，一直跟在旁邊的侍衛高進有些疑惑地問道：「王爺，您剛才說的是真的嗎？」

「什麼話？本王一天可是說了不少話呢。」

高進有些犯難，猶豫了一下便道：「您剛才說喜歡那位柳姑娘。」

雲溪笑了笑，眼中卻是一點點笑意都沒有。「何為真，何為假，不過是看本王的心情罷了。」

說著，他翻身上馬，迅速離開。

也不知道是不是被嚇到了，柳好好始終有些呆滯，看著滿地的狼藉，突然拍了一下大腿。「幸虧那個傢伙送的禮物多，不然我的損失誰來賠？」

說完，又氣勢洶洶地看著宮翎。「都怪你，沒事打什麼打，那個傢伙一看說的就是假話，你還生氣！」

「我的人，不允許任何人覬覦。」宮翎囂張地道：「開玩笑也不行。」

更何況——他還不是開玩笑。

這麼霸氣的話，真的是讓人不好意思，柳好好的埋怨都被堵得消失了，臉紅紅地看著他。「那……那也不能隨隨便便就打起來，還不知道他的身分呢，假如是個大人物……」

「六皇子睿王，蕭雲奚。」

她聽到了什麼？

好半晌，柳好好才糾結地道：「你說雲溪是六皇子，當今的睿王蕭雲奚？」

「嗯。」宮翎見她反應這麼大，有些不解。「妳不知道？」

「呵呵呵……我怎麼會知道，還去打聽他的身分？」再說她也沒有那個本事啊，想想覺得自己就是個傻瓜啊，和他相處這麼久了，竟然一直沒有留心。

反應過來，柳好好也覺得有些不好意思。「沒想到他的身分這麼厲害，不過，還是你厲害。」

宮翎有些發愣，不明白這話是什麼意思。

「你都敢和王爺打起來，我真佩服。你和他很早就認識了嗎？」

他點點頭。「我不是故意要瞞著妳，我們的關係說出來其實對妳並不好，特別是王爺。」說完之後，他小心翼翼地問道：「妳是不是不開心？」

柳好好抬頭看著高大的男人，如今的他已經長成如此強大，如此有氣勢，只要稍微一眼就能夠讓人顫抖的人物，現在竟然用這樣猶豫的眼神看著自己……

「我怎麼會在意呢？」看著他，她握住他的手。「你別想那麼多，你知道的，我只在乎你。」

宮翎冷硬的神色有些動容，大手撫上她的長髮，語氣都變得溫柔起來。「好好。」

「嗯？」

「我們盡快成婚可好？」

柳好好這下臉頰全紅了，有些不自在地問道：「怎麼這麼突然……不、不是說，等等嗎？而且你也說了自己很……很忙，還要小心那個……」

宮翎笑了笑，冷硬的五官瞬間柔和下來，冷血將軍也變成陷入情愛之中的毛頭小子，看上去一本正經面無表情，那雙眼睛卻是亮得灼人。

「我等不及了。妳這麼好，會有很多人喜歡妳，讓我如何放心？」

宮翎認真地說道，之後他還要回西北去，到時候怎麼放心這樣一個美好的女人等著？

「而且我怎能讓妳一直等我，蹉跎歲月？」

柳好好只覺得心尖似乎被什麼給輕輕地撩動了下，那瞬間不知道是誰走進誰的心，誰又溫柔了誰的眼。

「好好，嫁給我可好？」

柳好好只覺得自己的靈魂被他那雙漆黑無底的眸子給吸了進去，整個人彷彿飄蕩在半空中，迷迷糊糊地點了頭。

就見男人的眼睛一下子更亮了，堪比天上的星星，帶著快樂與滿足。

原本還有些羞意的她對上這樣的眼睛之後，心也忽然安定下來了。

既然喜歡，還有什麼好在意的？

她雙手緊緊地抱著男人的腰，將羞澀埋進了他的胸口，耳朵只聽到男人強而有力的聲音。

晚上，蕭雲奚讓人準備了上好的一夜醉，坐在庭院中慢悠悠地喝著。

長髮隨風舞動，白色的華服更襯托得他如同謫仙一般。修長的手指輕輕捏著酒杯，將這醉人的液體落到口中。

他似乎非常滿意酒的醇厚，那雙充滿魅力的眸子裡多了幾分醉人風情。

「既然來了，又為何躲躲閃閃，不似你的作為。」

黑衣男人從高而下落入院子中，面無表情地走過去，自行坐下，倒了一杯酒，豪氣地喝了下去。

「真是浪費，你這不懂酒的人，著實氣人。」

宮翎依舊面無表情。「酒水向來是給人喝的，好壞不都進到了肚子？」

「沒想到這些年不見，你倒是越來越會說了，不過這張臉還是一如既往的討厭。」蕭雲奚淡淡道，那雙眼睛似笑非笑地看著他。「怎麼，有什麼好事？」

「嗯，我準備和好好成婚了。」

聞言，蕭雲奚看似一點反應都沒有，端了一杯酒慢慢喝著。「這一日醉果然是上好的佳釀，曹老的手藝的確名不虛傳。等你大婚之日，本王送你十罈如何？」

「呵，這一點也好意思拿出來，今天你鬧出這一場，可知道給她帶來多大的麻煩？」

蕭雲奚勾唇淺笑。「這話如何說？本王不過如同之前說的，愛慕之心，人皆有之。」

宮翎的眼神陡然犀利起來。他惡狠狠地看著面前這男人，若是可以，真想要把這個傢伙按在地上狠狠地揍一頓。

「王爺說笑了。」

蕭雲奚笑了笑，並未搭話，只是慢慢喝著。

宮翎也不在意，坐在旁邊也是一杯一杯下肚，只是速度很快。

許久，蕭雲奚才出聲。

「那……本王就祝你們白頭偕老。」

宮翎面無表情地掃了他一眼。「這是當然。」

說完他便站起來，一身黑衣像是要融入夜色中，定定地看著蕭雲奚。「好好只喜歡做生意，擺弄自己的花花草草。王爺，這麼多年您幫我的，我來還，只望王爺不要牽扯到好好。」

說完，身形一動，整個人便消失在黑夜之中。

第七十七章

那日，大將軍與六皇子當街大打出手，所有人都在好奇到底是為何。謠言一路傳播，還是傳到了柳好好身上。

便有好事者開始尋根問柢了，發現原來這位柳姑娘便是新晉探花的姐姐。對了，還有那個梧風閣，原來老闆不是其他人，也是這一位啊！

那梧風閣的收益就算他們不會算帳，也知道絕對不會少，簡直就是個錢莊！她這個日進斗金的生意簡直讓人眼紅啊！

此時，宮家大夫人的臉色都變了。

「氣死我了！」

「母親，這是幹什麼呢？」嫡子宮昀剛剛從朝堂上下來，聽到風聲之後便急匆匆地來到母親這裡，結果還沒有進門就被迎面砸過來的茶盞嚇了一跳。

他得到消息，西北那邊一直不是很安定，到時候這個野種再立個功，還有自己的地位嗎？

就是現在，同僚之中已經有不少人在笑話他們宮家，說什麼捨棄了如此珍寶，若不然宮翎只要把這些功勞拿出來給宮家，只怕宮家的爵位都要往上提一提了。

可是現在……他們已經把人給得罪狠了。

「我絕對不會讓那個野種爬到我兒子的頭上！」

「父親的意思呢？」

「他？」宮夫人的臉上浮現譏誚。「現在你父親大概是想著怎麼和那個野種好好談談呢！還以為那個野種能拉咱們宮家一把。也不瞧瞧，以前是怎麼對人的。可笑。」

「娘，這樣的話千萬不可再說，隔牆有耳。」

「行了，你安心當值，其他的不要想。我當年既然有本事能夠讓那個女人活不下來，自然也有本事把這個野種給拉下來。」宮夫人得意地說道，好像勝券在握。

既然沒辦法從宮翎身上下手，那就不要怪她心狠手辣，那個叫柳好好的就不應該出現……

得知外面的謠言，柳文遠心情很是不好。他最害怕的就是牽扯了姐姐，而如今竟然出現這樣的流言。

「宮將軍，到底是怎麼回事？」

「一些魑魅魍魎罷了，不足為懼，放心。」宮翎保證。

柳文遠輕笑一聲。「我人小言微，自然說什麼將軍也不在意，但是有一言還是要說清楚的。雖然不知道您和那位爺到底要做什麼，但是千萬不要讓我姐姐涉及這些。她想要的是那種單純日子，還請將軍銘記。雖然說我一無身分二無武功，但是人呢還是有幾分腦子，若是讓我知道誰對不起我姐姐，就算是豁出這條命，也要討回公道的。」

兩個人對視，宮翎點點頭。「這點你放心。」

柳好好一到堂屋，就見兩人之間的氣氛不是很好，疑惑地問道：「怎麼了，感覺怪怪的。」

「沒什麼。」

柳好好心大，自然沒多想，只是當她看到屋子外面守著的士兵時，一下子懵住了。

「這些人是幹什麼的？」

「保護未來的將軍夫人。」宮翎面不改色地道：「畢竟喜歡找麻煩的人很多。」

柳好好點點頭，多些人保護也挺好了，何況他身分不一般，難免多慮一點，所以也沒有多說什麼。

不過宮翎還是敏銳地感覺到她的情緒不高，伸出手摸摸她的髮絲。「很快就好。等我事情辦完了，我們成婚後便去西北可好？」

柳好好愣了愣，又看看柳文遠，有些糾結。

她之前才說到京城來陪弟弟，可是如今又要跟著宮翎去西北，感覺自己出爾反爾的。

柳文遠知道姐姐心裡難以抉擇，輕笑。「姐，別擔心，還早呢。我在這邊都已經安排好了，妳偶爾過來看看我就好了。等到我能夠擔當大任的時候，就去地方當官，說不定能夠到一起呢？」

柳好好有些不樂意，嘟囔道：「說不定還是南北相對呢……」

被她這麼一說，柳文遠哭笑不得，卻還是安慰著。「姐，既然妳真的答應了這個傢伙，我們也別趕回柳家村了，讓人把娘和趙叔接過來，等妳成婚之後再離開，這樣妳也多陪陪我了，如何？」

柳好好想了想，發現也就這個兩全的辦法了，點點頭。「好吧。」

宮翎也同意，雖然不想讓宮家的人參與自己婚事，但是也知道這不可能，除非宮家已經不存在了。

柳好好最近很忙，因為宮翎說了要成親，令她突然緊張起來。

「姐，在忙什麼？」

剛從宮中回來的柳文遠就見她拿著針線不知道在幹什麼，臉色變了變。

一想到姐姐的女工，整個人都不好了。

果然，就見柳好好拿起一個不知道是什麼的東西，放在他面前秀了秀。「我做的荷包。」

「送……送給誰的？」

還是可以看出來是荷包，但問題是這上面繡的是什麼東西，如此猙獰……

「鴛鴦。」

柳文遠看了一眼，乾巴巴地說道：「真是很……別緻。」

「得了，別誇了，我知道自己的本事。」

這鴛鴦，連鴨子都不算，勉強看得出來是鳥的輪廓，簡直要命。

「都說姑娘家嫁人是自己給自己準備嫁衣，你看我這個本事，一個荷包都繡不好怎麼辦？」柳好好無語地撐著下巴，有些難受。

「咱們有錢，為什麼要自己做？」

可是嫁衣親手縫製，難道不應該嗎？

「咱們找京城最好的成衣鋪子讓他們做，姐姐可以自己畫圖，說出自己想要的樣式不就好了？」柳文遠苦口婆心地道，見不得姐姐難受，當然更害怕姐姐一個激動真的動手給自己做了一件嫁衣。

「說得也是！」聞言，柳好好又開心起來了，不過她拿著自己的荷包晃了晃。「但是這個也算是我給宮翎親手做的禮物吧。」

「我想他會非常榮幸的……」

「必須！」

柳文遠趕緊轉移姐姐的心思。「不如我陪妳去成衣鋪裡轉轉可好？」

祥記成衣是京城最好的成衣店鋪，衣服不僅款式好，布料花樣也是非常多，只要想要的沒有買不到的，自然吸引了京城無數的夫人小姐們前來選購。

所以，當柳好好入店的時候，就發現裡面好多人。當初那個第一個進入梧風閣的曹府小姐竟然也在這裡。

「這不是柳姑娘嗎？」

曹小姐一下子就看到她了，畢竟能夠天天把男裝穿身上的姑娘還真的不多見。

「曹小姐。」柳好好笑了笑，大大方方走進來，在店鋪裡看了看。

「柳姑娘也是來選衣服？」

「嗯，不過我更想看看這家師傅的手藝。」

曹小姐樂了，湊上去偷偷地問道：「難不成想要把人家的大師傅給搶走？」

柳好好趕緊擺擺手，笑了起來。「怎麼敢，我還想在京城開下去呢，要是被這裡的老闆聽到我可就倒楣了。」

曹小姐覺得這柳好好是個妙人，反而不急著走了。

「喂，妳那些想法真的很奇妙啊，不過好可惜，我一直沒有湊齊那套兔子的玩偶，真是氣死了。」曹小姐小聲抱怨著，漂亮的眼睛帶著幾分期待。「欸，以後還有嗎？」

那套兔子是柳好好設計的，呆萌可愛十分討喜，一套共七個，七個顏色七種衣服，擺在一起特別好看，剛出來的時候就讓眾人哄搶。但因為她是隔一段時間才推出一個，所以很多人是沒有辦法一次湊齊；也正因如此，好多人都在暗搓搓地打聽，看能不能高價購買其他人手上的，好湊齊一整套。

曹小姐更甚，她現在只缺一個，只少了一個是什麼感覺？簡直要崩潰有沒有！

「兔子嗎？」柳好好想了想。「曹小姐沒有湊齊？」

「沒有，就差了一隻紅衣服的兔子！」

「曹小姐是我們梧風閣的貴客，想來一定能湊齊的。」說完還狡黠地眨眨眼，其他便什麼都沒說了。

見狀，曹小姐立刻明白她的意思，頓時捂唇淺笑。「妳真不錯，我相信我們可以成為很好的朋友。」

柳好好有些詫異。「曹小姐打趣了，我只是一個什麼都沒有的農家女啊。」

「行了行了，誰不知道你們家還出了一個探花郎，而且那位宮將軍還為了妳當街鬧事……還農家女呢，別逗我了。要是真的看不上妳，幹麼還要買妳的東西？」

說得還真有道理，她無法反駁。

跟在曹小姐身後的小丫鬟簡直無語。瞧瞧這就是他們家的小姐，外人都以為他們家的小姐多知書達禮，其實呢……

曹小姐又把自己髮間的珠釵拿下來，戴在柳好好的頭上。

「這珠釵啊我幾乎不戴，今兒出門的時候鬼使神差地選上了，原來是用在這裡呢。」

柳好好嚇了一跳，這珠釵上的珍珠每一顆都是又大又圓，做工又精細。「這不妥……」

「妳拿著。」曹小姐面上故作不開心。「真心實意送的禮，哪還有收回的道理？」

「不過……」她眼珠子一轉，湊上去小聲道：「以後有什麼好玩意，妳得第一個想到我。這就算我的賄賂如何？」

柳好好被她狡黠的模樣給逗笑了，點點頭。「好。」

對柳好好來說，這樣大方又明事理的女子才是少見，兩人一拍即合，頓時嘰嘰喳喳地說了起來。

此時，陪著她過來挑衣服的柳文遠覺得自己頭好疼，無奈只好坐下來，看著她們選來選去。

兩人挑了半天，柳好好選了身青色衣裳，讓曹小姐稱讚不已。說實話，青色若是穿得不好便給人一種老氣橫秋的感覺，可是柳好好挑得好，反而讓她多了幾分清爽。

「今天難得心情不錯，我作東，一起用個午飯？」

「卻之不恭。」

兩個人找了家酒樓坐下來，這時曹小姐小聲道：「妳和那位宮將軍到底是怎麼回事？這婚期是什麼時候？」

柳好好愣了一下，臉上都紅了。「這個暫時還不知道。」

「我聽說宮夫人和徐家在商量宮將軍的婚事呢。」

「徐家？徐家看上宮翎了？」柳好好愣了一下，這事好像是第一次聽說。

「呵，說白了，徐家也不過是剛剛擠進京城的小官，這不是急著想要在京城紮根，到處攀附。」曹小姐嗤笑一聲。她可是非常瞧不起這樣的人。「你有能耐就往上走，沒有能耐就安靜點，整天就想巴結人，還到處賣女兒，嘖嘖。」

柳好好覺得這樣直爽的姑娘還是不錯的，兩個人越聊越投機。

「真是不知道宮家為什麼要挑這個女人。」她有些懷疑。

「有錢，聽話。」曹小姐一針見血道：「要知道，宮家一年不如一年，可偏偏還喜歡以貴人自居，這些年不知道虧得多嚴重呢！但是他們要的是能給宮家帶來利益的，而不是給宮翎帶去利益的，妳說他們家的人會選妳，還是選徐秋雅？」

柳好好瞬間明白是怎麼回事了，笑了笑。「可惜了。」

「可惜什麼？」

「可惜宮翎現在已經不是他們能夠拿捏的。」

曹小姐大笑起來。「這話倒是真，不過妳也別小瞧這些人，手段陰著呢。再說了，就算妳和宮翎有情，也別把所有都押在一個男人身上，得給自己一條退路。」

「放心吧，這些鋪子都是我的，就算以後真的出了什麼事，我也並不需要靠男人的臉色過日子。」

柳好好大大方方地道，更何況宮翎的財產都在她的手上呢，怕啥？分分鐘分手，就問你怕不怕！

見狀，曹小姐又笑。「對，咱們女孩子就應該這樣，為什麼都要依附男人，哼。」

兩個人越聊越開心，恨不得要把酒言歡的模樣，一旁的柳文遠默默在心裡搖搖頭，當做什麼都沒有看見。

「文遠，今天真開心啊。」柳好好一邊走一邊說。「能夠遇到一個脾氣相投的知心好友真不容易，我和曹小姐約好了要去武鳴山祈福呢。」

見姐姐這麼開心，他也就放心了，只要不被那些流言蜚語給破壞了心情，什麼都好。

「姐，妳也別生氣，那徐家根本什麼都不是。」

「沒什麼，宮翎這麼好，有人看上自然是正常的，我不在意。」

柳文遠卻不覺得，有些人只要扯上利益，可是什麼事都能做出來的。想來宮翎也是想到了這些，不然不會放這麼多人在姐姐身邊。

「走吧，想那麼多幹什麼，日子還是要過的。」

只是，有時候不是自找麻煩，而是麻煩會找上門——

柳好好接到宮夫人的帖子時大為意外，顯然沒想到這位夫人竟然會給自己遞帖。

「讓我去參加賞菊會？」

「是啊，東家，您看咱們要不要去？」

「去啊，為什麼不去？我又沒有做錯什麼，怕啥。」柳好好晃了晃手中的請帖。「我若是不去的話，只怕這位夫人又有話說了。」

於是為了參加這個賞菊會，柳好好讓人準備了一身漂亮衣裙，當天更讓桃紅梳了髮型，又給自己畫了個精緻的妝容。

「東家真好看！」

「那是，對於美貌，我還是非常有自信的。」

柳好好上了馬車就奔赴宴會地點。不得不說，宮家門頭還是十分氣派的。

朱紅大門，上面就像電視上一樣都是門釘，兩邊暗色柱子前是兩隻栩栩如生的石獅子，看上去十分威嚴。

她一抬頭，便見到了上面的匾額——宮府。

紅色的底，金色的字，厚重而大氣，可見這府邸也有年數了。

第七十八章

「柳姑娘，這邊請。」

早早便有人等著了，一見到遞過來的請帖，臉上便掛著虛偽的笑容，甚至眼帶鄙夷，好像自己比她高一等似的。

原來宮府的下人也如此仗勢欺人。

不過柳好好對這種下馬威一點點興趣都沒有，跟在後面慢悠悠地進府。

偌大的花園裡擺滿了各色菊花，香氣讓人神清氣爽，倒是很舒服。只是看著那邊三三兩兩坐在一起的人，她心裡就呵呵笑了兩聲。

「柳姑娘來了。」

宮夫人笑了笑，瞬間好幾個年輕女子就看了過來，一看到她身上用上等雲衫做的衣裳，幾個人的眼神變了變，有的露出微笑，有的則用團扇掩住了嘴角。

柳好好倒是大大方方地見禮。「宮夫人。」

「真是個俏人兒。」

宮夫人雖然語氣十分親切，卻一點動作都沒有，任由她這樣屈膝行禮。

眾女子站在一邊，自然是看出來了，紛紛掩嘴竊笑。

柳好好不以為意，默數到五之後便逕自站直，微笑看著宮夫人，絲毫退卻的意思都沒有，這讓所有人又詫異起來，大概都沒想到這個鄉下來的農家女竟然會如此無禮。

柳好好卻十分淡然，就算自己不是官家女兒又怎麼樣，跪天跪地跪父母，難不成自己還要跪在地上對著陌生人磕頭？別逗了。

「柳姑娘真是爽快人啊，如此與眾不同、清麗脫俗，難怪讓宮將軍如此喜愛。」

「是啊，聽說睿王也心悅柳姑娘呢，這可是羨煞我們姐妹了。」

柳好好見她們這樣調侃自己，緩緩勾唇一笑，慢慢開口。「所以妳們都想要嫁給睿王爺嗎？」

之前知道睿王的身分之後，她又特地讓人給打聽了，才知道睿王的身分和宮翎差不多，出生不高，沒有母家勢力又不受寵……這麼多年在宮中如履薄冰，甚至連上好的相貌也成為眾人攻訐的理由。

所以什麼想要嫁給睿王，一個不得寵的王爺對這些嬌小姐們來說，哪個不是恨不能躲得遠遠的。

「這話可不能亂說，也不過是咱們姐妹閨中密語，若是傳出去，這名譽就……」

「可這是閨中嗎？若我沒有記錯的話，這可是宮府的賞花會呢，不就是大庭廣眾之下？各位姑娘在這裡大大方方地討論男子，這份豪氣哪怕是我這從鄉下來的姑娘也是比不上的。」

眾人的臉瞬間白了紅、紅了白，面面相覷。

「柳姑娘這牙尖嘴利的，真是不饒人呢。」宮夫人聲音淡淡的。

柳好好彎彎眼睛，笑得特別開懷。「那必須啊，我一個做生意的，要是不會說幾句，豈不是賠本了？」

簡直氣死了，沒想到這個柳好好竟然這麼能說，不但如此還句句頂得人無法反駁。宮夫人以帕子按了按自己的嘴角，輕笑道：「我倒是忘了柳姑娘的身分。」

這句話說出來，就聽到耳邊傳來一陣輕笑。

當她們進她鋪子買東西的時候，一個個都土豪呢，怎麼沒有說自己瞧不起商人？

「多謝宮夫人。」

「這是何意？」

「宮夫人這是在給我博名聲呢，畢竟梧風閣的生意還是需要大家支援的。」柳好好十分大方。「以後各位過來的時候，只要報我的名字，就說在賞菊會上認識的，我給妳們打折啊！」

這種一拳打在棉花上的滋味真是糟糕透了。

柳好好只覺得她們就是一群無事生非的人，不過她看著自己至今連杯茶都沒有，又笑了笑。

「宮夫人，其實花茶我那邊還是有些的，若是夫人不嫌棄，我讓人給您送點過來，畢竟這麼大的宴席上，若是沒有幾個拿得出手的好茶，也是徒惹笑話。」

宮夫人的臉像是被誰打了似的，青白交加，卻偏偏還得面露微笑。

「沒想到柳姑娘如此大方。」

「當然，人總要大度點。走在這世間，若是把自己姿態擺得太高了，就會把周圍的人丟棄了，哪天……」她笑了笑。「若是有個災難什麼的，誰又會伸個手幫幫忙呢？」

宮夫人氣得要死。這個女人話裡話外都在諷刺她，一會兒說自己小氣，一會兒說她目中無人。

「妳……放肆！」她繃著的神情終於裂開了。「區區一個農家女也敢在宮府鬧事，來人，給我抓起來！」

「我倒要看看誰敢！」

柳好好沒想到對方竟突然翻臉，愣神的時候就聽到一個男人的聲音在耳邊炸開，她看過去，只見到穿著黑色勁裝的宮翎帶著長劍，大步走來。高大的身形、渾身的煞氣，帶來的是無盡壓迫。

「宮翎，你什麼意思?!」

「本將軍倒是想要問問夫人到底是什麼意思，竟然敢威脅本將軍的人。夫人若是無事，本將軍便將人帶走了。」

說著，他伸出手看著柳好好，冷漠的眼神瞬間變得溫柔起來，語氣無奈地說道：「以後沒有我陪同，什麼宴席都無須參加。」

「好。」

柳好好也覺得可以，這樣的宴會好無聊，她在這裡簡直就是憋屈啊！

兩個人就這麼大大方方地走了，宮夫人愣了下，立刻讓人攔住他們。

「宮翎，你這樣實在是太放肆了！我可是你的嫡母，如此放肆、不敬母親，難道不怕明日朝堂上參你一本！」

「可以，儘管來。」

宮翎漆黑的眸子就這麼毫無溫度地盯著她，宮夫人被這樣薄涼的目光給嚇到了，只覺得渾身發抖，眼睜睜地看著兩人離開。

一時間，原本熱鬧的賞菊會變得鴉雀無聲。

回到梧風閣，柳文遠也才從宮裡回來，聽說了宮府的事，但見姐姐無礙便也沒有追問。

「累了先去休息，等用飯的時候再喊妳。」

柳好好點點頭，果然那樣的宴會真是不舒服，去了一趟就像是打了一場仗似的。

等到她進屋休息，柳文遠才認真地對宮翎道：「這是你要的東西。」

宮翎接過他遞來的消息，點點頭。「你可想好了？」

「自然。」柳文遠的臉上浮現的是不屬於這年紀的鎮定。「這些是我查到的。」

你？」

「我在宮中伴讀，自然不是什麼都接觸不到。也知道有些人想算計我姐姐，我怎可能袖手旁觀？」是的，他雖然只是個皇子伴讀，但是小皇子卻十分相信他，對他並不設防，而且皇宮中發生的事情，他若有心也能打聽得一清二楚。

「再說，既然姐姐和你在一起，有些事情就是想避開也不可能，不如主動出擊。」

宮翎深深地看了他一眼，什麼都沒有說，只是認真地點點頭。「這些我會交給睿王。」

而剛剛躺下要休息的柳好好忽然覺得耳邊傳來了細微聲響，睜開眼睛，發現窗臺上的一株蘭花輕輕動了動。

「好好，好好，有人要害妳！」

柳好好猛地坐起來，不敢置信地看著花兒。「誰要害我？」

「就是那個又醜又老的女人，她和一個非常醜的男人商量了要害妳。」

蘭花說著，語氣非常生氣。好好就是自己的小夥伴，怎麼可以被人欺負？那些人真的太壞了。

「又醜又老？醜男人？」柳好好在自己的頭腦裡搜索了半天，也沒有想出到底是誰，最後無奈問道：「又醜又老的形容太普遍了，我想不到是誰。」

「是我好朋友小麻雀告訴我的，牠的好朋友小菊花說的……」

菊花？柳好好眨眨眼，似乎明白了。「是宮夫人？」

「對、對，就是姓宮！」蘭花非常興奮。

柳好好也沒了睡意，立刻起身出來喊人。「木一！」

「主子。」

「聽著，給我盯緊宮夫人的舉動，若是她有什麼動作，立刻告訴我。」柳好好認真地道：「這人不安好心。」

「是！」

因為這個消息，她更有些睡不著，內心煩躁。用飯的時候一見到宮翎就想把這件事說出來，但是消息的來源有些不好說啊……

「怎麼了？」飯後，宮翎總覺得她心事重重，便抓著她問道：「是不是有什麼不開心的？」

「你信我嗎？」

柳好好不知道該不該和他坦白，她不是不相信這個男人，而是覺得這個時代的人見識還是太少，若是把自己當做精怪，就算他喜歡自己，可若是對這種能力帶著幾分恐懼的話，就算再愛也是走不下去的，所以她不願意冒這個險。

「信。」宮翎毫不猶豫地點頭。

柳好好鼓起勇氣，十分認真地道：「我覺得宮夫人很有可能想害我。」

宮翎的目光變了變。「這是在找死。」

「欸，你不問我怎麼知道的嗎？」

他突然笑了，溫柔地撫摸著她的臉。「我給妳的侍衛不是普通侍衛，這樣的事情，他們完全可以查到。」

這麼說都是木一的功勞了？柳好好哭笑不得，忽然覺得自己的擔心其實太多餘。

「這件事交給我。」宮翎抓起她的手輕輕吻了一下。「我會讓他們後悔有這個決定。」

柳好好看著突然霸氣起來的男人，點點頭。「好啊，我信你。」

這個男人從來都是有一說一，該做的從來不需要她擔心，在她不知道的時候也把阻礙全部掃除，這種安全感讓她十分愉悅。

她抱著男人，心裡都是甜蜜。

但是，有些事情總想自己動手。所以她悄悄地讓人給宮夫人那邊遞了一個消息：柳好好三天後要去武鳴山上的寺廟祈福……

到了那天，她開開心心地帶著桃紅出門了。

再不出門，怎麼給人機會呢？她派了木一盯著宮府，得知宮夫人一直在等機會給她下絆子，只可惜自己一直窩在鋪子裡。

她想毀自己名節，她倒要讓宮夫人知道，這個代價是他們宮家承受不起的，要知道宮家也有個大小姐呢……

「來了？」曹小姐示意她趕緊上馬車。「妳想幹什麼呢，怎麼覺得妳笑得不懷好意？」她小聲道：「對了，聽說梧風閣又出了好東西？」

「今天妳配合我演一場戲，我就給妳一個，如何？」

「哦，演戲？」

柳好好湊上去，小聲嘀咕了幾句，聽得曹小姐嚇了一跳。「這樣是不是不好？」

「有什麼不好的，既然算計別人，總要做好被算計的準備吧！他們怎麼對我，我就怎麼對他們。」柳好好笑了笑，眼中都是涼意。若是他們打消了念頭，她還不至於走到這一步，可現在……

「做人不能太善良，不然真對不起那些善良的人。」

曹小姐捂著嘴笑了笑。「妳真壞。」

兩個女人嘻笑著出了門，就這麼賞花賞水一路悠閒地來到山上的寺廟。

不得不說這間寺廟的香火非常旺的，來來往往的香客絡繹不絕，兩個人跪下燒了香、添了點香油錢，又去抽了籤。

「師父，不知道可否在院內走一走，散散心？」

「施主請便。」

柳好好拉著曹小姐就往寺院後面走去。此處前面供佛，後面則是簡單的房子，最好看的便是那一座座佛塔，讓人心靜了不少。

「好好，我有些不舒服，先去休息休息。」突然，曹小姐扶著額頭道：「我有些暈。」

「好，妳快去休息，我在這裡轉轉就回去。」

「那妳先看著，等會兒我們一起回去。」

柳好好擺擺手，示意自己完全沒有問題，然後帶著桃紅繼續走了。

「桃紅，我有些口渴，寺院門口記得好像有賣梨子的，妳去買點回來。」

「是。」

柳好好獨自轉了轉，發現這寺廟滿大的，仔細看這裡的建築，頗有禪味。漸漸地，反而被吸引住，專心地逛了。

她一轉身，不小心撞到一個人。對方慌慌張張的，像是害怕什麼。

柳好好皺皺眉。「你……」

「對不起，對不起。」那個人趕緊道歉，一副被她嚇到的模樣。柳好好看了一眼，沒有在意，點點頭，轉身準備走了。

「欸……」

哪知道她突然眼前一花，失去意識。

柳好好揉揉腦袋，整個人都還是迷迷糊糊的。

睜開眼睛，只見宮翎一臉黑沈沈地站在旁邊，臉色簡直堪比墨汁。

「那個……」

曹小姐挑眉，面上都是不忍，但是為了明哲保身，還是乖乖地站在一邊。

柳好好感覺到氣氛凝重，摸摸頭，有些不好意思地說道：「我只是一時大意，其實早就安排好了，人在後面等著呢，真的……」

「所以妳就這樣胡來？」

宮翎面無表情地看著她。當時一看到柳好好被人迷暈，他也不管計劃了，二話不說把那個傢伙給抓起來。

曹小姐縮著脖子，說實話真不想回答啊，但是見其他人的目光都看過來，她只得端著架子慢悠悠地說道：「我就覺得不靠譜啊。」說著，頭也不回就走了。

柳好好吃驚無比。說好的情比金堅，說好的姐妹呢，怎麼就這樣把她給拋棄了？

看著她一臉懵的樣子，想到她一開始還興致勃勃想要看熱鬧的表情，宮翎覺得自己都被氣笑了。

「走。」

對於她，宮翎覺得自己真的是好脾氣。若是其他人，他早就好好地教訓一番了，可是看著她期待的小表情，還能怎麼辦呢？只能答應了。

第七十九章

稍早，宮家的女眷們也在宮夫人的帶領下浩浩蕩蕩來上香，其中便有宮家大小姐宮雨柔。

宮夫人一路嘴角含笑，似乎預見了自己要看到的，不由得連腳步都輕快起來。

她倒要看看，這個和其他男人在一起的女人，到時候怎麼嫁給宮翎！

「大師。」宮夫人身邊的嬤嬤突然開口道：「我家夫人有些乏了，不知道可否借用此地稍作休息。」

「自然可以。」

這裡的禪房大部分都是用來招待香客，所以常年有人打掃，乾淨妥帖，自然不會拒絕。

只是讓人有些目瞪口呆的是，這群女眷似乎特意尋找某間廂房，一找到了廂房便衝進去，然後便聽到裡面傳來「哇」的一聲大叫。

大師有些莫名，進去就見床上竟然躺著一男一女，衣衫凌亂，身上更是布滿了青紫痕跡，不堪入目。

「這……這……佛門聖地……怎可如此不堪！」

大師閉上眼睛，在心裡默念了無數遍的阿彌陀佛，站在這裡不知道如何是好。

「大師，這樣的人必須趕出去！簡直無恥至極！」

宮夫人立刻放聲大喊，又給身邊的嬤嬤一個眼神，示意她走過去。必須讓所有人知道這女人是一個人盡可夫的賤人！

「喲，這麼熱鬧呢？怎麼回事？」

這個時候，曹小姐過來了，看到裡面這一幕，「哎喲」一聲。真是瞎眼！

「怎麼回事？我看看，我看看。」

柳好好拚命地擠進來，看著躺在一起的男女，大叫著。「等等，這不是翟公子嗎？這放浪的竟然到了佛門聖地來了，這也……」

翟公子翟文浩，吏部侍郎的公子，和宮夫人簡直是一丘之貉，兩個人竟能湊一起，呵……這叫什麼，這叫自食其果！

「怎麼是妳?!」宮夫人錯愕不已，沒想到她竟然完完整整地出現在面前，怎麼可能！

那床上的人是誰?!

柳好好一邊說著一邊好奇。「總得叫醒他們吧……」

宮夫人的臉色越來越難看，費盡心思都沒能讓這個女人吃虧，想想心裡便覺得不平。

就在她準備轉頭就走的時候，那嬤嬤突然走過來，在她的耳邊小聲地道：「夫人，那地上的衣服和小姐今日穿的很像……」

「什麼?!」

宮夫人不敢相信，趕緊轉頭去找，女兒果然不在身邊，頓時一股不好的感覺湧上來。

「等等！」

果然，和男人躺在床上正是昏睡不醒的宮雨柔。

要知道宮雨柔可是宮府精心培養的嫡女，要配皇子都是可以的，結果現在變成這樣，這不讓宮家忙得焦頭爛額。

這事直接就被告到皇上面前，宮允瀟因為治家不嚴，直接奪了身上的封號。而翟文浩毀人名節，被杖責三百，父親也被革職查辦。

同時，蕭雲奚和展明更是借助翟文浩和四皇子勤王來往密切的關係，將勤王給拉下來。

等到一切塵埃落定，蕭雲奚終於可以鬆口氣，便約了幾個人見面。

「這件事做得很好。」

只是，宮翎的面色並不好看。

見他這樣，蕭雲奚笑了笑。「何必如此，其實你也看出來了，好好不是一個非要人保護的女子，她有自己的想法，何必和她置氣。」

「哼！」

話雖如此，但是想到她膽子那麼大，竟然以身犯險，就是不開心。

「不過這次還是要感謝你，若不是你，我也不會接手這賑災的事情。」蕭雲奚認真道。

江南一帶突發水災，上萬百姓流離失所，而此前負責的人便是和勤王一脈的人馬，硬是瞞下此事不上報，如今勤王出事，水災也就瞞不住了。

「這一個個的貪成這樣，還真是膽大包天。」

拔出蘿蔔帶著泥，一連串的人被抓，或殺頭或流放，甚至連勤王都被禁足。

「殺！」宮翎淡淡道：「有一殺一，有百殺百。」

蕭雲奚笑了笑，端起酒杯慢慢喝了一口。「都說你是煞神，看來這個評價是正確的。不過，正合本王所想。過段時日本王就要走了，聽說父皇已經擬旨給你賜婚，本王不知何時歸來，就此先祝你吧！」

宮翎覺得自己該笑，但是對著這個傢伙也沒有什麼好笑的。

他端起酒杯喝了一口。「多謝。」

「你那個妹妹怎麼辦？」睿王爺有些好奇。

「宮家該反省了。」宮翎淡漠道。「我不喜歡宮家的人再鬧出什麼麻煩來。」

他手中收集到關於宮家的消息，足以把這個龐然大物拖到深淵中，而他不過是在等一個機會……

宮雨柔因為這個打擊，人變得癡癡呆呆的，時不時還要死要活，消瘦得不成人形。宮夫人見了，更是把柳好好恨到了骨子裡。

「好……沒想到我竟然被人坑害到這個地步……當年若不是我心善留他一命，宮翎還能夠活到現在，還敢在我面前耀武揚威？不是喜歡那個女人嗎？那就讓他嘗嘗敢和我作對的滋味！這個女人就別留著了……阿達。」

這時，一個渾身黑衣的男人走出來，站在宮夫人面前，除了一雙眼睛露在外面，什麼都包得緊緊的。

「替我殺了那個柳好好。」

阿達聞言，整個人僵了僵。宮夫人掃了他一眼，忽然放軟了聲音。

「這些年，我多虧了有你，但是你也看見了，在這個家裡每走一步我都是如履薄冰，你難道就這麼眼睜睜看著我被人害成這樣嗎？」

阿達沈默了許久，轉身走了。

看著他離開，宮夫人臉上浮現一絲得意。

她就不信這樣還懲治不了那對賤人……

這晚，柳好好睡得正香，突然聽到外面傳來叮叮噹噹的打鬥聲，她猛地從床上爬起來，披了衣服就衝出去。

院子裡已經站滿了人。

宮翎把手上最好的幾個侍衛放在她身邊，其中武功最好的便是木一，現在這人和木一打得難捨難分，顯然對方武功也十分厲害。

「文遠，沒事吧？」

「沒事。我想刺客除了是宮家的人，也沒有其他可能了。」

「嗯。」

姐弟倆緊張地看著，看木一一劍過去，那傢伙俐落轉身，突然手中不知道扔了什麼出來，就見木一身形一晃，差點從樹上摔下來。

他迅速穩定身形，卻沒想到對方的武器也隨之刺過來。

「小心！」

柳好好見他受傷，不禁大喊一聲，驚動了黑衣人。他立刻跳下來，直奔向柳好好。

「姐，讓開！」

柳文遠沒想到突然發生變故，一把推開她，自己擋在姐姐面前。

柳好好被推得踉蹌，差點摔倒在地，轉頭就見到那人的劍差點插入弟弟身上，嚇得大聲尖叫。

好在千鈞一髮之際，趕過來的木一挑開了他的兵器。

突然一聲暴喝傳來，然後眾人眼前一花，一道黑色的影子就飛了過去。緊接著只見那個黑衣人飛進一間屋子，撞壞了房門。

眨眼間，寒光一閃，又見到那個黑衣人從房裡被踹了出來，飛了很遠。模糊間，他似乎捂著胸口。

木一準備追，卻被從屋裡出來的宮翎阻止了。

「不用，其他人會盯著他。」

宮翎臉色陰沈沈的，就這麼看著刺客離開的方向。

「下去療傷。」

「是！」

這邊，安排好一切之後，柳好好來到宮翎身邊。「那個人武功高強，你沒事吧？」

「沒事。」

她瞧了瞧他的臉色。「你似乎知道他是誰？」

「啊？」

宮翎淡漠道：「那個人和宮夫人，也就是伍相雨有關係，身分很複雜。」

「十有八九是宮夫人之前的情人。」

這個消息就有些勁爆了。

柳好好覺得自己的八卦之魂熊熊燃燒起來，那雙亮晶晶的眼睛讓人無語，看來剛才驚險的一幕根本沒有嚇到她。

「我會把伍相雨和這個男人的事情告訴宮允瀟，就是不知道他會怎麼做。」

宮翎稱呼他們的時候，完全沒有家人間的親近感。

「你這麼狠啊？」

「自作自受罷了。」宮翎對宮家的事情雖然不感興趣，但是只要涉及柳好好，怎麼也不能放心。「我已經讓人看著了，這件事不會就這麼算了。」

伍相雨竟然敢把主意打到好好身上，就應該做好失敗的準備。

所以他毫不客氣地把伍相雨做過的惡毒事情的證據遞到了宮允瀟手中——販賣祭田、倒賣私鹽、變賣家中私物……真是膽子大呢。

果然，如今的宮家特別熱鬧。

「來人，抓住這個潑婦！」

宮允瀟直接命人把她抓了起來，趕來的次子宮逸見狀，嚇了一跳，趕緊衝上去。「父親，您這是幹什麼？母親犯了什麼錯？」

「犯了什麼錯?!」宮允瀟憤怒地說，指著她的鼻子大聲責罵。「娘毀了你姐姐一輩子，私底下還販賣府中私物，不僅如此，還敢收取賄賂，傷害庶子……如此毒婦，怎麼可以配得上做你的母親！我不過只是把她關起來，省得到處惹禍，還不快點！」

「父親是不是弄錯了？」

宮逸不敢置信地看著自己的母親，而大哥卻是自始至終不開口，面上只帶著失望和無奈，他頓時不管了。「不行，不管怎麼樣，她都是我母親啊！」

「來人，把三少爺拉開！」

「不——」

哪知道，一道黑影突然從天而降，兩三下便把人給打暈，然後黑衣人抓著伍相雨一跳，便翻出了宮家牆頭，消失無蹤。

「什麼？」柳好好聽到這個消息的時候，整個人都不好了。「你們說，宮家的夫人被人給劫走了，到現在都還沒有下落？」

「是啊，您是不知道啊，這件事在京城可不是成了笑話嗎？現在宮家的人都不敢出府呢。」桃紅笑咪咪地說著。「外面現在可熱鬧了。宮夫人被人劫走，侯爺又被人給參了一本，宮家這麼多年做的事情全部被人給掀了出來，如今這侯府只怕也是不保了。」

柳好好皺眉。她有些擔心宮翎。

見她這樣，桃紅趕緊安慰她。「東家，這些事都不影響咱們將軍的。」

柳好好點點頭，將桌上的帳本收好，有些心不在焉地問道：「我娘他們什麼時候過來啊？」

「東家，這事情有宮將軍管著呢，路上不會耽誤的。」桃紅笑了笑，眨眨眼說道：「難不成您這是急著嫁了？」

「閉嘴！」柳好好被她打趣得臉上都有些發紅，嗔了一眼。「我這是擔心，如今已經冷了，京城這邊很快便會落雪，到時候我娘他們路上不好走。」

聞言，桃紅也不打趣了，點點頭道：「東家別著急，肯定沒事的。」

「我知道。」

過去這段時間，柳好好已經把宮翎手中的產業全部清理了一遍，不賺錢的鋪子該賣的賣、該整合的整合；賺錢的鋪子重新規劃，弄得事情特別多，而且手中的人也不夠用了。特別是上千畝的好田，她手中的稻種也多了起來，這些田送到她手上正剛好。只是……

「人還是太少了。」

因為這事，柳好好整天都有些煩躁。當宮翎過來時，就見到她拿著冊子煩惱的模樣，便走過去。「何事？」

「人手不夠。」她想了想便問：「我知道你是當兵的，那些退伍兵怎麼安置？如果可以的話，能不能全部弄到咱們的農莊去？這上千畝的田地需要不少人，而且我準備把你田地附近的田都買過來。不僅如此，若是有錢了，我還想把那片山頭也買過來。你知道我是做什麼的，這樣的好環境不利用，總覺得有些難受。」

聽著柳好好絮絮叨叨地說著，宮翎內心瞬間平靜下來，但想到最近宮府的事情、朝堂上的動作……他的眸光黯淡了些許。

看來自己要加快速度了，快點成婚，帶著好好離開京城這是非之地。

「怎麼了，感覺你的心情也不是太好。」

「好好，我脫離宮家了……」

剛說著呢，就聽到外面傳來一個尖利的嗓音。「聖旨到——」

柳好好發愣著。「這是？」

宮翎的眼睛卻是迸發出亮光。「去看看。」

「奉天承運，皇帝詔曰。柳家女子賢良淑德……」

柳好好眨著眼，不敢置信地聽著這白面公公的唱和，等到渾渾噩噩地接過聖旨之後，才趕緊讓人給公公一些好處。

「大將軍，既然您在這裡，咱家也就不需要再跑一趟了。」說著，就這麼又念了一份聖旨。不過相較於她的，宮翎的那份顯然是更多的讚賞。

「多謝。」

公公似乎也知道，這位是個不喜說話的，笑了笑便拿著好處走了。

柳好好拿著聖旨有些暈乎乎的。「我還真的沒想到，這輩子的婚姻竟然讓大BOSS決定……」

「妳說什麼？」

「沒、沒什麼。」柳好好擺擺手。「我就是沒想到，我這個小小的農家女竟然、竟然是皇上賜婚！」

宮翎笑了笑，雖然看得出來她很高興，激動卻是沒有的。要知道能夠被皇上賜婚的人可不多，哪個不是大肆慶祝，恨不得天下人都知道，而這女人只是捧著聖旨傻笑，真是……與眾不同。

「好了，要不要慶祝一下？」

「為什麼要慶祝？」

柳好好雙手捧著聖旨，一臉的懵，似乎不大明白為什麼要慶祝。再說這是賜婚，她有些不好意思呢！

「走吧，今日心願所成，自然要開心開心的。」

「等等，你剛才說什麼脫離宮家是什麼意思？」

「宮家做了太多壞事，宮允瀟、宮昀和宮逸下了天牢，女眷如今被關在宮府內，最終怎麼判決，還要看皇上的意思。」

「那你呢？」

「我？」宮翎拉著她的手笑了笑。「從西北回來的時候，我就已經和皇上表明心志，如今我順勢分家自立，和宮家早已經沒了牽扯。所以，等爹娘過來，我們好好地準備準備。」他似乎有些不好意思，頓了一下，有些不自然地道：「我……沒有父母張羅，所以可能需要娘和爹多費神……」

「誰是你爹娘？」

柳好好也被他這個稱呼弄得有些不好意思。這個傢伙真的是蹬鼻子上臉呢，這聖旨才剛剛下來，立刻就改口了，皮厚得讓人髮指。

京城的第一場雪飄下來的時候，李美麗和趙掌櫃終於到了，身後還跟著定安和玉娘，一行人行色匆匆，但也沒有引人注意。

「娘！」

柳好好歡喜地撲到李美麗的懷裡，拉著她的手就開始嘮叨，恨不得把最近在京城內發生的事情都說一遍，那模樣讓做娘的感慨萬千，不由得想到，自家姑娘終於是長大了。

「好，沒事就好。」

李美麗拉著女兒的手。原以為只要幾個月閨女就會回來，哪知道這一走就接近一年。更讓她沒想到的是，還沒等到人，卻是等到了女兒要成親的消息。

「真的是皇上賜婚嗎？」

李美麗長在偏僻村莊，見過最高的官大概也就是縣令了，還是偷偷摸摸地遠遠看了一眼。如今聽說女兒要嫁的對象是將軍，不僅如此，還是皇上賜婚，作為一個普通婦人，心都被嚇死了。

「是啊，娘，這件事其實沒有那麼嚴重。宮翎您也認識的，不要這樣啊。」

李美麗點點頭，還是有些不自在地道：「宮翎那小子竟然這麼厲害，我以前都沒有看出來。」說著，又覺得自己這語氣不大好，扭頭看了看周圍，笑了笑。

趙掌櫃自然知道她內心忐忑，拍拍她的肩膀安慰道：「沒什麼變化，那些都是虛名，還當做以前那樣就好了。」

「是啊，娘，真的。」

這時，柳文遠也回來了，看到趙掌櫃的時候，他表情頓了頓，轉而卻笑了起來。

「娘。」

看著一段時間不見的兒子竟然比自己高出這麼多，李美麗感慨。「我兒最厲害了，娘知道你高中了之後，真是非常開心啊……」

柳文遠如今已不是當年那個面黃肌瘦的小娃娃，長得溫文爾雅，俊秀斯文，但站在一邊有些拘謹，特別是看到趙掌櫃輕聲安慰著母親，那溫柔的眉眼像極了父親應有的樣子。

要說對於生父，其實他已經沒有多少記憶了。而這些年，這個父親的空缺已經被趙掌櫃給補上了。

第八十章

雪勢漸漸大了，柳好好讓人把做好的棉衣拿出來送到李美麗的房間裡，就見到娘親一臉的擔憂。

「好好，我聽說……京城裡的達官貴人們，都是有三妻四妾的？」

聞言，柳好好就知道她在擔心什麼了。她笑了起來。

「娘，宮翎已經把所有身家都交到我的手上了，現在都是我在打理呢。還有啊，宮翎說了，他不會娶其他女人。」柳好好眼中都是幸福。「再說了，以後的事情誰說得準？只要自己好好地過日子，將自己的日子打理好就行了。娘，咱們不能因為沒有發生的事情而躊躇不前是不是？」

李美麗看著女兒那自信的模樣，點點頭。「妳從小就是有主意的，娘知道妳有成算。」

夜幕降臨，李美麗和趙掌櫃因為多日來的趕路而先休息了，等到宮翎冒著雪花過來時，等他的只有柳好好一人。

「來了。」她趕緊走過去。「這麼大的雪還過來幹什麼？」

雖然嘴上抱怨著，手上的動作卻沒有停，趕緊拿著乾手帕遞過去讓他拍掉身上的雪花。

「身上都濕了。」

宮翎看著她責怪的模樣，不但沒有生氣，反而笑了起來。「我沒事。」

「沒事沒事……假如有事呢？」她抱怨著說：「以後太晚了就不要過來了，你這一天到晚忙成這樣，還跑過來，不累嗎？」

「不累。忙了一天，就想抽點時間看看妳。」

瞬間，她的臉就燒了起來。柳好好抿抿唇，只覺得自己都不好意思對上他的目光了。這個傢伙，怎麼這麼會說話呢……

宮翎一直沒有等到對方的回應，有些不解地抬頭，就見到柳好好低著頭不知道在看什麼。他目光不小心掃到她的耳朵，紅彤彤的，這才明白過來。

「不過下次不要等我了，我看看妳就走。」

這麼晚，就為了等他回來而不睡覺，他也會心疼。

「誰……誰說我在等你啊？我只是、只是娘過來了，興奮得睡不著而已。」

柳家人過來，宮翎在第一時間就知道了，但他最近比較忙，也沒辦法及時趕過來。

「爹娘過來了，也沒來得及見面。」他想了想便說道：「過兩日我先請假，看是否能夠抽出時間帶他們在京城裡轉轉。」

「不用了。」

「我應該的。」宮翎放下手中的帕子，認真道：「必須要的，這是我的態度，也是給妳爹娘安心。」

柳好好張張嘴，不知道說什麼好，心裡卻是十分熨燙。

「你先坐，廚房裡還溫著湯，我去給你下碗麵。」說著，她趕緊去忙了。

宮翎見她的背影，勾勾唇，也跟了上去。

廚房很大，東西也很足，廚娘把麵醒好了，柳好好只要擀點麵條就好。高湯、雞蛋、雞肉還有蔥花……一碗香噴噴的雞絲麵很快就端了出來。

「天冷，你多吃點。」

她的廚藝並沒多好，但宮翎吃著卻有種家的味道。這就是他一直想要得到的滋味，不管再晚回家，有人等著念著，還怕他凍著餓著，親手做一碗麵，真的是讓人舒心不已。

「吃飽了嗎？」

「嗯。」

柳好好走過去，伸出手摸摸他的臉，有些擔心。「總覺得你最近很忙，是不是有什麼事啊？算了，機密的事情我也不想知道，你只要保護自己就好。」

「其實……宮昀為了保住自己性命，直接將宮逸抓起來，然後大力主張要把宮夫人抓回來按律法懲戒。」

柳好好驚訝得簡直不知道該怎麼說才好。

「我們調查發現，劫走宮夫人的那人是通緝了十幾年的一個罪犯，還和當朝的三皇子、四皇子有關係。如今三皇子被圈禁，四皇子被奪權，朝堂之上人人自危。」

宮翎三言兩語就把宮中密辛給說了出來，聽得柳好好是抓肝撓肺的。果然宮翎永遠都不適合說故事，這事情要是給說書人，絕對是三天三夜也說不完啊！

「怎麼會牽扯這麼大？」

「那人被皇帝滅九族，卻在有心人的幫助下逃脫，而四皇子的母妃又和宮夫人有關係。這個人隱藏在後，幫助他們做了不少事情，現在暴露了，自然是讓皇上憤怒。畢竟一個有本事的人躲在陰暗的地方做事情是非常方便的。」

「人找到了嗎？」

「還沒有。妳最近出門的時候都小心點。」他抓著她的手，有些擔心。「就怕狗急跳牆。」

柳好好並不傻，明白宮翎話中的意思，點點頭表示自己知道了。所以如今出門，柳好好身邊總帶著幾個侍衛。

「娘，今天怎麼想起來要出門轉轉？」

柳好好知道母親並不喜歡拋頭露面，平日喜歡在家繡繡花弄弄草，連鳳城縣都不怎麼去，如今來京城竟然會想到出門逛街，著實奇怪。

「妳呀……」李美麗笑了笑，伸出手指輕輕地戳了戳她的腦門。「瞧妳什麼記性，都是要成婚的人了，怎麼一點準備都沒有？咱們家雖然不是大門大戶的，但是該準備的該有的，自然都是要的。娘只能按照家鄉的習俗給妳準備嫁妝，不過妳得自己好好看看，有什麼想要的、需要的都和娘說。妳的嫁妝銀子，娘準備著呢！」

說著，李美麗還拍拍自己荷包，笑得特別的開心。這些年，好好賺了不少錢，給她的零用錢也是不少，但是作為一個苦慣了的人怎麼可能捨得花錢，加上趙掌櫃給的，她的私房錢如今可是不少呢。

李美麗慈愛地看了女兒一眼，然後就出門，認認真真地挑選起嫁妝來。女兒的嫁衣她說了要親手做，所以什麼材料都要選最好的。

柳好好見她開心，自然什麼都買了下來。

「這麼多？」

這才發現，母女倆竟買了這麼多，李美麗又有些躊躇，但好好已經迅速把錢付了。

「不多，咱們也不需要省這麼點的。」說著，她讓人把這些東西給抬上車。「咱們不缺這麼點，可別心疼啊。」

既然姑娘都這麼說了，她自然不會委屈了。上車之後，她們準備去下一家店買東西。天氣冷，柳好好讓人準備了熱呼呼的湯婆子遞給母親。「別凍著了。」

馬車噠噠走在路上，因為下了場小雪，路面有些濕滑，她特地囑咐走慢點。

突然間就聽到「咚」的一聲，馬車頓了下又飛快地跑了起來，快得她和李美麗直往後栽去，滾到了另一邊。

「怎麼回事？」

柳好好腦袋撞在了車廂上，疼得齜牙咧嘴的。

又一聲慘叫，接著就聽到一個重物落地的聲音，讓柳好好心裡咯噔一下，暗道不好。

果然，馬車的速度更快了，柳好好看著被掀起的車簾，發現車子早已經奔出了大街，現在不知道往哪裡去了……

「什麼！什麼叫跟丟了？什麼叫人找不到了?!」

宮翎剛剛從宮中回來，就聽到這事，他憤怒得一掌劈過去，彙報的人直接被打飛了，吐出一口鮮血，卻迅速調整好姿勢，繼續跪在地上。

「找！」

「是！」

宮翎想了想，立刻趕到蕭雲奚的王府。

「動用你的人，好好不見了。」

蕭雲奚一凜，看了他一眼。「你知道本王的人一旦動了，就會暴露了。」

「是，但除了好好，以後我什麼都聽你的。」

蕭雲奚很意外，好半晌笑了笑。「好。」

「你……你是誰？」柳好好被顛簸得渾身都疼，當馬車停下來的時候，她掀開車簾子就質問。「這是什麼地方？」

趕車人看上去瘦瘦的，渾身上下都裹著黑衣。

「是你？」

她認出來了，這個傢伙不是當初的刺客嗎？頓時心裡知道不好了。

不過既然這個傢伙在路上沒有殺她，自然是還有用處，不然也不用這麼辛苦地把她們母女帶到這裡來。

「你想怎麼樣？」現在只能走一步看一步了。

李美麗自然是聽到了女兒的話，縮到她的身邊小聲問：「好好，這個人……」

「娘，沒事的。」她低聲安撫，然後拉著母親從車子裡走出來。

那人臉上都蒙住，只露出一雙陰森森的眼，冷冷盯著她們，看得李美麗毛骨悚然。

「走。」男人的嗓音十分沙啞，指示她們往前走向一間小屋。

柳好好看了看周圍，發現這是京郊比較偏僻的地方，但是還沒有離開京城範圍。看來這個人和宮夫人藏在這裡，是大隱隱於市了。

「好好，妳沒事吧，這個人是誰？他要幹什麼？」

柳好好一邊走著一邊安慰母親，這時遠處卻傳來一個女人嘶吼咆哮的聲音，隱隱約約聽著有些耳熟。

就在她認出來的時候，便被那個叫阿達的推進小屋。柳好好嚇了一跳，跌跌撞撞進門後，趕緊將母親推到桌子底下，自己則是直挺挺地站好，打算引開注意。

她用力吸氣，努力讓自己平靜下來。

果然，衝進來的女人正是宮夫人。如今伍相雨早沒有了光鮮亮麗的模樣，一身粗布短裙，頭髮也是亂糟糟的，皮膚鬆弛，眼角都有些往下垂。

這模樣讓柳好好吃了一驚，但從對方眼中的疲憊和憤怒也知道這段時間她過得不好。

「柳好好！」宮夫人大喊，衝上來就要撕打她。

躲在桌子底下的李美麗一聽，趕緊爬出來衝上前。哪怕她性子再弱，但是為母則剛，誰也不能傷害她女兒。

兩個女人霎時扭打到一起，柳好好著急得想要拉開母親，只是這個時候，黑衣人突然走進來，手中的刀直接架在她的脖子上。

「住手！」

此言一出，李美麗趕緊放開手，就被宮夫人推倒在地上。

「娘！」

「好好……」

「你們敢傷害我娘！」柳好好氣得眼睛都紅了，她捏緊拳頭，目齜牙咧地看著他們。

宮夫人見狀，冷聲笑道：「哈哈，打妳娘，我還打妳呢！」

說著，她對著柳好好的臉狠狠地一巴掌就打下去。

「好好！」李美麗想要起來，哪知道再一次被踹倒在地，半天沒有辦法動彈。

柳好好的臉頰瞬間就腫了起來，她伸出舌頭舔了舔唇角，血腥味充滿口腔。可她只是冷冷地看了一眼，笑道：「怎麼，就這一巴掌呢，有本事殺了我啊。啊，我知道，妳若是殺了我，妳的兒子女兒也都活不成了。」

「妳敢！」

宮夫人又是一巴掌過去，看著她的嘴角流出的血，惡狠狠地笑了起來。「妳一個賤民竟然敢如此囂張……我真是後悔，在妳來到京城的時候怎麼不先弄死妳！」說著，她就要去抓李美麗。「妳心疼妳的母親是不是，我就要妳眼睜睜看著，妳母親被我折磨卻無能為力的樣子！」

「妳敢！」

這時伍相雨已經魔怔了，她抓起李美麗就狠狠地一扔，李美麗的腦袋直接撞在地上，發出「咚」的一響。

「娘！」

柳好好瞪著眼睛，想要衝過去卻被黑衣人給抓住，脖子也被刀給劃傷了。

「伍相雨，別忘了妳的女兒還有兒子……就是妳和這個男人生的兒子已經被抓了起來，妳要是再敢做什麼，我定要他們碎屍萬段！」

此時此刻，柳好好忍不住把宮翎悄悄告知的秘密喊出來，宮夫人的手頓了一下，突然崩潰地大叫道：「妳在胡說什麼！滾！」

黑衣人愣住了。「妳剛才說——我的兒子？小雨，到底怎麼回事，我有兒子？」

男人顯然十分激動，他愣愣地鬆開柳好好，走到伍相雨身邊，那雙眼睛直盯著她，竟然有種詭異感。

「沒有，怎麼可能！我是宮允瀟的正妻，是侯夫人，我怎麼可能生一個怪物的兒子?!」

因為慌亂，她口不擇言起來。「你為什麼要相信她，我怎麼可能……」

「哈哈，伍相雨，妳不敢承認嗎？妳兒子在等你們呢，妳就這樣不管不問嗎？對了，聽說妳兒子很快就要沒命了，妳一點都不擔心嗎？」

伍相雨拚命地搖頭，只是大聲叫嚷著。「不是、不是！逸兒怎麼可能是他的孩子，他是宮家的！」

然而黑衣人不依不撓，沙啞的嗓音裡帶著激動，啞得讓人害怕。「我去把咱們的兒子找回來……」

「站住，誰是你兒子！你在胡說什麼！」

柳好好乘機奔到李美麗面前。「娘，娘，沒事吧？」

李美麗的額頭受了傷，鮮血將衣服的前襟都染紅了，看上去觸目驚心，十分嚇人。

柳好好害怕極了，顫巍巍地伸出手想要止血，卻被李美麗給抓住了。

「沒事，只是一點血……看著有點嚇人罷了……」

李美麗有些氣弱，但好歹沒有生命危險，她艱難地坐起來，看著那邊爭執不休的兩個人，輕聲道：「好好，等會兒……妳……」

「娘，別說這些，宮翎會找到我們的。」說著，她把母親抱在懷裡，看著那兩個人，輕笑一聲。「伍相雨，難不成妳以為自己還可以當什麼宮夫人？以為自己的兒子可以繼承爵位？別作夢了。因為妳，宮家的爵位已經沒了，妳的大兒子可是因此恨妳恨到骨子裡，一知道這個弟弟不是宮家的，立刻帶人把宮逸給抓起來好好地審問呢……」

柳好好的話聽在伍相雨的耳裡，簡直就像是落入了沸油中的水，瞬間就炸了鍋。

「不可能！昀兒不會這麼做的！」

「不會？」柳好好冷笑，將李美麗安置好，站起來一步一步走到伍相雨面前。「妳的大兒子宮昀就像宮允瀟一樣，自私無能卻又野心勃勃，自以為是，他什麼性子妳不知道？而妳的小兒子宮逸還算不錯，對妳有孝心，可又怎麼樣，現在還不是要被宮允瀟和宮昀給弄死了？而妳作為罪魁禍首，卻是全京城的笑話，妳覺得妳兒子還會認妳？」

「不……妳騙我！我殺了妳！」

伍相雨衝過來就要打她，卻被黑衣人給抓住。

「夠了！」

第八十一章

「你幹什麼?你也欺負我!」

「這麼多年了,妳要什麼,只要我能做到的,我都給妳,可是我的兒子都這麼大了,妳竟然不和我說一聲!我在妳眼中是什麼,就是一個傀儡嗎?!」

男人本就粗啞的聲音因為激動顯得更粗糙,讓伍相雨害怕地退了好幾步。

「她就是把你當成傻子!」柳好好大聲地加油添醋。「你也是夠可以的,看著自己喜歡的女人和別的男人相親相愛,和別的男人生下孩子,還願意當幕後的打手,這樣偉大的愛情,我真是佩服不已!」

「不——」

「夠了!」

黑衣人放下手中的刀,定定看著伍相雨。「伍相雨……伍相雨……是我沒有本事!是我……是我給不了妳想要的……沒想到……沒想到啊……」

就在他激動得準備要做什麼的時候,突然大門被撞開,他扭頭看過去,就見到屋裡一下子奔進來幾十個士兵,井然有序地將這個小院子給包圍,身上的鎧甲更是折射出讓人膽寒的冷光。

「你們想要幹什麼？快點，阿達，抓住這個柳好好！快點！」

黑衣人雖然對伍相雨十分失望，但是緊要關頭卻是一把抓住柳好好，拿刀架在她的脖子上。

宮翎面無表情，身後的侍衛抓著宮昀和宮逸就這麼走了過來。

他高大的身形帶著迫人的壓力，這股氣勢逼得黑衣人不由自主地往後退去，伍相雨更是臉色慘白，嚇得差點摔倒在地，扭頭一見到李美麗就要衝上去抓她，卻不想一把匕首飛過來從她的臉劃過，直直釘在柱子上。

「啊！」她摸著被劃傷的臉，瑟瑟發抖，再也不敢動。

「娘，救我，救我！」

宮昀和宮逸被人押著，看到伍相雨的時候紛紛大喊。

「娘……別管我。」宮逸看著母親如此狼狽的模樣，心痛不已，反正自己已經沒用，何必連累母親？

但是宮昀卻不覺得，原本是侯府世子，如今落到這種地步，他說什麼都不甘心。

「娘，不能不管孩兒啊，這些都是妳弄出來的，妳給宮將軍道個歉，對，道個歉就好了，畢竟我們都是一家人是不是？」

宮昀的話簡直讓人恥笑，更噁心的是他還義正辭嚴地說道：「宮翎，你今天的成就可不僅僅是因為自己，咱們宮家——」

「放人。」宮翎看著黑衣人。「放了好好和她母親，這兩個人我可以不殺。」

伍相雨一聽，頓時激動起來，抓著黑衣人的胳膊大喊道：「阿達、阿達，你救救孩子，救救孩子！」

宮翎雙眼冰冷無情，一看到柳好好紅腫的臉頰、嘴角的血跡，還有脖子上的傷口，怒火中燒，恨不得把這個伍相雨給掐死。

「再說一遍，放人。」

「作夢！你要是不先放人，我就殺了柳好好！」

「是嗎？」

然後就見到宮翎手起刀落，宮昀的一隻耳朵就被削了下來。

「下一個是宮逸。」

「你敢！宮翎，我要殺了你！阿達，殺了他，殺了他！」

宮翎依然淡漠地看著，手中的劍微微一動，指著宮逸的耳朵對黑衣人道：「這可是你親兒子，你想好了再說。」

黑衣人見宮昀痛得大聲叫喊，鮮血淋漓，想到自己好不容易有個兒子，怎麼可能忍受得了？

「好，我放人。」

「你瘋了！你放人的話，我們都要死！」

「要死的是妳還有這位。」宮翎淡漠道：「只要你們投降，宮昀和宮逸可以活命。」

伍相雨一聽，整個人都不好了，看著蜷縮在地上不停哀嚎的大兒子，看著淚眼婆娑的宮逸，一下子癱軟在地上。

柳好好第一次看到如此冷酷的宮翎，心裡震驚之餘，更多的是心疼。

這人若不是經過那麼多苦，怎麼會如此殘忍……

「娘……救我……」

躺在地上的宮昀艱難地喊著，發現母親並沒有過來，突然大喊：「妳為什麼不去死，都是妳害的！妳害的！若不是妳一意孤行，為什麼會變成這樣？妳害得宮家什麼都沒有了，還要害死我，妳怎麼不去死！」

也不知道怎麼回事，他猛地站起來衝上去，一下子撲到伍相雨的身上扭打起來。

黑衣人見狀，一把將柳好好放開，然後一刀下去，直接把宮昀殺了。

伍相雨被眼前這一幕震懾了，瘋狂地大叫起來。「你幹什麼?!昀兒……昀兒……你怎麼了……娘救你、救你……昀兒！」

然而宮昀卻是睜著雙眼，不甘心的表情就此凝固在臉上。

這突如其來的一幕讓所有人都愣住了，柳好好即時反應過來，趕緊抓著李美麗往宮翎跑去。

「瘋了！」

伍相雨看著兒子死不瞑目，衝上去就要和阿達拚命。

黑衣人卻是冷笑一聲。「是啊，我是瘋了，當年看著妳嫁給那個男人，我就瘋了！這麼多年來看著妳跟別的男人在一起，我能不瘋嗎？我的兒子還要認其他的男人做父親，我怎麼可能不瘋?!」

說著，他一腳把伍相雨踹開，扭頭見到柳好好，拿著刀就要衝上去。

這時，宮翎長劍離手，在半空中劃出一道弧線，兵器撞在一起，發出「叮」的一聲，內力造成了無形的衝擊，震懾了周圍的人。

柳好好更是被震得跌倒，宮翎趕緊過去，一隻手摟住她的腰，另外一隻手拉著李美麗，就把人給拽到士兵的包圍中。

然後他直接飛身過去，和黑衣人打在一起。

伍相雨見到兒子死了，又見阿達這樣對自己，她怒火中燒地看著安然無恙的柳好好，恨不得把人給弄死。

「我要殺了妳！」

伍相雨衝過去，想要殺了柳好好，然而還沒有靠近便被士兵給一劍刺穿了。

伍相雨驚恐地低頭看著自己的腹部，最終不甘心地倒在地上，斷氣了。

「娘！」

宮逸發瘋似地衝過去，看著已經沒有氣息的母親，只覺得大腦嗡嗡響。「娘——」

柳好好也是被嚇了一跳，看著之前還欺凌她們母女的伍相雨瞬間就沒了氣息，又看看呆滯的宮逸，心裡忽然有些說不上來的滋味。

可憐之人必有可恨之處，當初做了那麼多傷天害理的事情，如今這樣的下場也是必然的。

而那邊，黑衣人摔在地上，發出巨大聲響，然後宮翎欺身過去，一劍對著他的脖子。「死不足惜。」說著，他對著脖子狠狠地一抹，鮮血瞬間濺出來。

柳好好趕緊把母親抱在懷裡安慰著。「娘，不怕，不怕啊……」

見到該死的人都死了，宮翎收回長劍，吩咐道：「收拾乾淨！」

「是！」

士兵們拖拽著屍體，抓著宮逸。這人如今已然成了呆癡狀態，雙眼空洞，面無表情。

「他……」

宮翎伸出手摸摸她的腦袋。「不要管了。」

柳好好點點頭，乖乖地跟著他離開這裡。

李美麗因為受了驚嚇，回去便高燒不退，嚇得趙掌櫃一步不敢離。

柳好好也受了傷，宮翎自然也不會走的。

他拿著大夫開的藥要給她上藥，哪知道自己手腳笨，弄疼了她。

「沒事吧？」

宮翎有些擔心，總覺得自己粗手粗腳的，但看著她紅腫的臉還有脖子上的傷口，心裡就自責得要命。

「都怪我，若不是我太鬆懈了，也不會……」

「防不勝防啊，傻子。」

柳好好倒是無所謂，大難不死必有後福，想那麼多幹什麼。

「你看，你可是把我給救回來了。再說了就算再怎麼防備，你也沒有辦法做到滴水不漏啊。來，幫我抹藥，輕點就好。」說著，她把臉伸過來，見宮翎還是沒有動作，無奈地說道：「你對待自己的兵也是這麼小心翼翼的？」

「不一樣。」宮翎抿唇，認真道：「妳是我的妻，我容不得妳受到一點點的傷害，然而妳卻在我眼皮子底下差點……我怎麼原諒自己呢？」

柳好好抓著他的手。「所以，以後要對我好點，我就原諒你了。」

宮翎被她這番話給逗笑了，挖出一些藥膏。「忍著點。」

「嗯。」

藥膏塗抹在臉上，涼絲絲的，減緩了傷處的火辣感，特別是綠色的藥膏竟然慢慢變得透明。她拿起鏡子看了看，不由自主地說道：「真是神奇。」

宮翎見狀，笑了笑。「放心，這個仇，我一定會報的。」

柳好好愣了一下，不明白什麼意思，畢竟伍相雨和那個阿達都已經死了，連宮昀都死了，還要怎麼報仇？

「這件事，一個伍相雨還做不成。」

那些幕後的人都要付出代價，否則一個小小的阿達怎麼可能在他嚴密的保護下抓住了柳好好母女？所以這件事才剛剛開始。

宮翎見她不懂，伸出手狠狠地揉了揉她的頭髮。「睡一會兒。」

「嗯。我知道你很忙，去吧，我沒事的。」

「等妳睡著了再說。」宮翎溫柔地看著她，視線落在她脖子上的傷口，心有餘悸。

再深一點，說不定好好就沒了……

當時看上去冷靜，但他的手都在顫抖，他害怕自己一個錯誤的決定就會害死她。

「我真的沒事，不要自責了，你要是再這樣自責，我真的生氣了。」

柳好好知道他心裡怎樣想的，只能這樣「威脅」。見男人點頭，她才緩緩閉上眼睛沈沈睡去。說實話她也精疲力盡，也是心驚肉跳。

看著她睡著了，宮翎這才站起來離開。

一出屋子，就見柳文遠站在院子裡，一臉陰鬱。

柳文遠看見他，淡淡道：「我不想說什麼這件事是誰的責任，我只想說，我要參與進去。」

「不行。」宮翎立刻拒絕。「你才剛剛考上，而且只是一個伴讀，沒有人脈沒有基礎，這樣只會引火上身。」

「引火焚身？」柳文遠嗤笑一聲。「本來我們就什麼都沒有做，結果還不是被火給燒著了？傷了我母親、我姐姐，你還要我袖手旁觀？」

宮翎皺著眉，一雙黑眸就這麼盯著對方。

柳文遠雖然年輕，但是在氣勢上卻是絲毫不輸給他。

宮翎覺得，若是自己不答應的話，這個小子肯定會做出一些讓人吃驚的事情。

「好吧。」

柳文遠嘴角微微往上揚了揚。

柳好好不知道自己弟弟和未婚夫在忙些什麼，如今她整天陪在李美麗的身邊，生怕上次的事情造成了心裡陰影。

李美麗恢復之後，正給她縫製嫁衣，看著女兒在身邊轉來轉去，有些無奈卻又感動。

做娘的實在是有些不忍，伸出手戳了戳她的腦袋。「也不知道妳弟弟最近在忙什麼，怎麼就不回來了？」

柳好好想了想。「別擔心，畢竟是皇子伴讀，偶爾皇子留他也是沒辦法。」

「也對，但是不知道為什麼，娘的心啊總是有些不安……」

聽到這話，柳好好臉上的笑容也收起了。她抱了抱母親又安慰了幾句。

這晚，月亮升起的時候，柳文遠才回來。

剛進門，就見到柳好好坐在堂屋裡，面無表情。

「跪下！」

柳文遠一愣，看著面色凝重的姐姐，立刻就跪下來。

這麼多年，姐姐從來沒有這樣嚴厲地對待自己……他低下頭，乖巧地跪在她面前。

「文遠，你說說，最近自己在幹什麼。」

「陪讀。」

「你騙我！」

柳好好怒了，她站起來走到柳文遠面前，居高臨下地看著這個面容還有些稚嫩的弟弟。

「我問了，最近你經常出入睿王府是不是？柳文遠，你才十五歲，你知道什麼？你覺得自己有多大的本事，可以參與進去？是，姐姐是個什麼都不懂的農女，卻也知道有些事不是我們能攪和的！」

蕭雲奚若還是以前那位雲公子的話，她也不說什麼了，可是偏偏那位是當朝的六王爺，是睿王！做皇子的哪一個會對那個位置沒有想法，成者為王敗者為寇，稍有閃失便是全族陪葬！

他們柳家，包括柳家村，不能因為他的野心而陷入危險之中。

柳文遠聽到姐姐憤怒的聲音，整個人有些顫抖，許久之後才說道：「我已經答應睿王，幫他分憂解難。」

「你——為什麼？」柳好好忍著內心的怒氣問道：「你不是莽撞之人，說說原因。」

可柳文遠就是不願意說，只是低著頭跪在那裡。

見狀，她的眼淚都下來了。「好，好……這麼多年，我一直覺得自己的弟弟是最棒的、最省心的。原本以為你考上探花也算是爭口氣，為咱們柳家光宗耀祖，也證明自己的能力……我所求不多，並不是要你封侯拜相，我要的不過是你能夠滿足自己心願，使咱們柳家能夠平安富足地過一輩子就好。你要建功立業，那就去戰場，要不腳踏實地地當官，可是你偏偏……」

大概是氣急了，她拿著手中的棍子就打下去。

第八十二章

「娘還不知道，那麼我就好好地教教你，這種事情你為何要插手？你一個剛入官場的毛頭小子，竟然也學人家玩站隊，你的經歷閱歷和別人一比簡直什麼都不算，還妄想參與這樣的事情……你讓我怎麼想，你讓娘怎麼想？」

棍子打在弟弟身上，讓柳好好心疼不已，可偏偏柳文遠咬著牙受下來，她打了十幾下見他還是不說話，心疼之餘更是憤怒，乾脆把棍子給扔了。

「好，好，柳文遠你好樣的，今天你要是不說清楚，我就沒有你這個弟弟！」

說完，她立刻就要走。

柳文遠見狀，嚇了一跳，趕緊抱住她的腿。「姐、姐，妳不要這樣，我錯了，我錯了！」

他哭了起來，還帶著驚恐，一聽到姐姐說不認他這個弟弟，真的嚇到了。

柳好好看著他這樣，心裡也不好受，卻強忍著心疼不願意搭理。然而柳文遠怎麼也不放手，這樣拖拽著他走了幾步，最終她放棄了。

「姐，妳不要生氣好不好，我錯了。」

柳好好狠狠地吸了一口氣，問道：「說實話，是為了什麼？因為我是不是？」

她知道自己的弟弟沒有什麼權力之心，當初想讀書也不過是因為喜歡讀書，再加上多年被大房一家欺負，總想著爭一口氣。現在卻主動參與朝堂之爭，除了自己，她真的想不到第二個原因了。

「姐，那個伍相雨根本不可能憑藉著一個人的力量就把妳抓走，一定還有人幫她！他們傷害了妳、傷害了娘，那就應該付出代價！就算我們出身低微，那也不能被人這樣欺負，我不甘心……是皇子又怎麼樣，是王爺又怎麼樣，難道就能夠隨意支配我們的命嗎？我不服！他們怎麼折騰我不管，但是不能動我家人，不然就算玉石俱焚我也不怕！」

「你……你這又是何必呢！」說著，她把柳文遠給抱在懷裡。「文遠，姐姐沒有事就已經很好了，你——」

「姐，妳不懂。」柳文遠懸著的心終於放下來。「就算我不加入，但是妳和睿王有生意上的來往，妳以為其他人都不知道嗎？宮翎雖然屬於中立，但是私底下和睿王卻是有著千絲萬縷的關係。姐，我們逃不掉的……從妳決定嫁給宮翎的那一刻起，我們就逃不掉的。我知道我年輕沒經驗，但是我也有我的優勢。」柳文遠小心翼翼地解釋著，生怕又惹姐姐生氣。

柳好好見他這樣，只能嘆口氣。「文遠，你……算了……一切小心。」

「姐，妳不怪我了嗎？」

「怎麼能怪呢，這件事本來就是因為我，只能說是我連累了你，連累了娘。」她幽幽嘆口氣。「身上還疼嗎？」

「不疼。」

「你這孩子，直接說不就好了，嘴硬到最終還挨了打，這叫什麼？」柳好好心疼極了，趕緊把他給扶起來，又去翻箱倒櫃找消腫的藥膏來。「給我看看。」

「沒事，我真的沒事。」

柳好好將眼中的酸澀給壓了下去，輕輕地抹了藥膏上去，一邊抹還一邊吹氣。

看著姐姐小心翼翼的動作，柳文遠臉上掛上了笑。

柳文遠挨打的事情很快就讓宮翎知道了。他看著走路還算正常的小舅子，思考了片刻便道：「以後不要莽撞。我已經和皇上求了，婚後便回西北。鐵將軍身體不適，我得要回去。」說完，他看了一眼柳文遠。「所以，之後你要自己小心。」

他已經決定帶著柳好好回去，以後京城大概也只有柳文遠在這裡了。

京城的水很深，而柳文遠就算再聰明、再有見地，但在閱歷方面還是差了很多。

「我知道。」

宮翎想了想。「說實話，睿王這個人心思深沈，也是非常有手段、有遠見……但是你要知道，有野心的人面對自己利益的時候，可以拋棄任何東西。所以，要給自己留三分餘地。」

柳文遠意外地看著宮翎。這個傢伙從來不愛笑不愛說話，除了對自己姐姐有幾分耐心之外，其他人在他眼中估計都是空氣，沒想到他竟然願意花時間和自己說這些。

三個月後，天更冷了。一場大雪的到來彷彿將之前的風波給掩住，新年也隨之而來。

家家戶戶都沈浸在喜悅之中，而對於柳家人來說，更高興的便是半個月後的婚禮了。

「你來了。我讓人托送的幾株花草到了，你過來看看。」柳好好讓人送過來幾盆花，都是辛辛苦苦培育出來的新品種。白色的蘭花猶如雪中美人，黑色的茶花更是妖冶多姿，五彩的桃花像是仙子一般……

「怎麼樣？」

「很好看。」宮翎從不懷疑柳好好的技術，似乎任何普通的花草到了她的手中都會變得稀奇而珍貴。

「行，不是說當今的聖上喜歡花花草草嗎？你覺得怎麼樣？」

宮翎點點頭。「好，我讓人送給睿王。」

不得不說，這幾盆花的效果真的非常好，睿王爺送給當今聖上之後，立刻就得了封賞。

本來皇上就因為自己的兒子們不爭氣還野心勃勃而憤怒，可是為了粉飾太平又想要輕判，如今被睿王的幾盆花一提醒，才知道兒子大了，野心也漸漸地成長起來，說不定無時無刻不在想著自己死呢……

倒是這個一直不受重視的兒子，如今反倒孝順。

所以，二話不說，封賞就給了，而那兩個被圈禁的皇子，卻要承受著即將到來的狂風驟雨。

對於宮中這些，柳好好倒是根本不在意，讓她最緊張的反而是即將到來的婚禮。

正月十六，元宵剛過，便是宮翎和柳好好的婚禮。

宮家剛剛敗落，但是宮翎卻如日中天，這個被人忌憚又敬佩的將軍，如今要迎娶的夫人竟然是一個名不見經傳的小農女——傳奇，也不過如此。

此時，丫鬟和嬤嬤們不停地忙碌著，李美麗更是緊張地安排著一切。

「娘，有人準備呢，妳這樣我更緊張。」

看著李美麗忙來忙去的樣子，柳好好也生出了緊張。開玩笑，她兩輩子可是頭一次結婚呢，還是如此隆重。

「娘這不是擔心嗎？若是什麼地方做不好，到時候平白惹了笑話。」

趕過來湊熱鬧的曹小姐等幾個好友拿著絹帕捂著嘴輕笑起來。

「從來沒見過妳竟然有緊張的時候。」

「不許打趣。」柳好好閉著眼睛，感覺有人在自己的臉上畫來畫去的，整個人都不好了。

「哪有，我們這是羨慕都羨慕不來呢。誰不知道宮將軍可是說話了，今生只要妳一人呢。」曹小姐吃吃地笑著，看著柳好好彆扭的模樣，繼續說道：「如今，整個京城哪個不羨慕妳？」

柳好好被這麼一打趣，緊張倒是沖淡了不少，她抿唇笑了笑，看著鏡子中的自己，也有些恍惚。

耳邊是喜樂的聲音，眼前是一片紅色，唯一能見到的便是自己的大紅嫁衣，這是母親一針一線親手縫製，穿在身上讓她心底暖洋洋的。

她想看看外面的情況，卻又不敢。

回憶起從剛到這個世界的徬徨無助，那時候唯一能做的便是讓自己強大起來，為了能夠和柳大郎家抗衡，硬生生把自己逼成了一個悍婦。

原本的格格不入到現在，她已經完全融入到這個世界，她有娘有爹有弟弟，有……愛人。

這種感覺真的很奇妙。

「新人下轎……」

不知道被誰攙扶著，她跨過火盆再跨過門檻，牽住了紅繡球。

她知道，此時站在身邊的男人是誰，他悄悄地把手伸過來，藉著紅繡球的遮掩，緊緊地握著她的手。

「別緊張，有我。」

男人低沈的嗓音充滿磁性，讓柳好好的心尖都顫抖起來。但是那緊張的心還真的安定下來了。

她跟在男人身後走到屋內，坐在高堂上的人赫然是李美麗和趙掌櫃，兩邊則是親友。

「一拜天地——二拜高堂——夫妻對拜——禮成！」

隨著這兩個字，柳好好覺得自己變了，忐忑不安的心也沈澱下來。

直到她獨自一人坐在新房之中，穩健的腳步聲傳來，才又開始緊張了。

宮翎進門看著端坐在那裡的女人，穿著大紅嫁衣，盯著喜帕，眸子裡滿滿的都是溫柔。

從今天開始，他可以正大光明的和人說，柳好好是他的妻。

他拿著秤桿輕輕把蓋頭挑開，兩人四目相對，情意都要滿了出來。

喜婆趕緊把他們的衣角給拴好，然後把合巹酒端上去。「祝將軍與夫人和和美美，白頭偕老，早生貴子……」

宮翎端著酒杯，將另一杯遞到柳好好的手中。

燭光搖曳，氣氛正好，兩個人深深地對視一眼，勾著胳膊將合巹酒給喝了下去。

其他人趕緊把東西收拾一下便離開了。洞房花燭夜可是新婚夫妻最期待的了。

坐在柳好好身邊，看著她精緻的眉眼，臉上的紅暈更是長時間都沒褪下。他伸出手輕輕地摸了摸她的臉頰，聲線低沈，撩撥得她耳朵都開始紅了。

「委屈妳了。」

「胡說什麼。」聽到這句話，柳好好立刻不開心了，自己選的男人這麼好，怎麼就委屈了？「你若再這麼說，就是說我沒眼光。」

說著，她抓著宮翎的手。「自信點，我喜歡你，真的。」

宮翎眼中蕩漾著笑意，視線從她的臉上慢慢移下來，然後落在她紅潤飽滿的唇瓣上……

翌日，兩人給趙掌櫃和李美麗敬了茶之後，宮翎便把人給帶回家了。

「我有個禮物要送給妳。」宮翎笑了。

柳好好有些好奇，但視線移到他的耳朵上時，發現果然是紅了，不由得笑了起來。

她緩緩閉上眼睛，期待地等著。

宮翎見狀，轉身從書架上拿起一個小盒子，遞到她面前。

「睜開眼睛看看。」

聞言，柳好好睜開眼，只見一個精緻的木頭盒子放在面前，而高大的男人雖然面上沒有表情，卻能夠從他的眼神中看到緊張和期待。

她抿抿唇，輕笑起來，打開盒子，竟然是一對小人。

這是……

「我們成婚時候的樣子。」

小木偶雕刻得非常精緻，紅色嫁衣上的花朵都是那麼清晰。她喜歡得捧起來欣賞，發現兩個小人兒的瞳孔裡竟然有人！

她看著自己的瞳孔裡雕的是宮翎，而且是當年他們相遇時的模樣。

她趕緊拿起另外一個，宮翎的眼睛裡果然也是自己當年的模樣。

「這……你還記得？」

記得這麼清楚，甚至衣服都竟然還原了。

倏地，她眼睛就紅了。

「喜歡嗎？」宮翎見她捧著一對小人，低聲問道。

「喜歡，怎麼會不喜歡呢？」

娃娃做得小巧精緻，卻能夠如此傳神，她的眼睛裡泛著淚花，衝上去就抱著宮翎。「我太喜歡了，你什麼時候做的？明明……」

「很早之前，只是昨天半夜把最後的部分給刻出來了。」看著柳好好的眼淚，宮翎心疼極了。「哭什麼？」

「我沒有，我只是控制不住，我沒想到你……」她激動地搖搖頭，這種被人珍視的感覺怎麼可能不開心呢？「真是的，讓我這麼感動，你太過分了。」

雖然這麼說著，卻怎麼也捨不得把娃娃給放下來。

「我要天天帶著，好不好？」

「嗯。」

其實宮翎做的時候已經留了孔，他仔細把紅繩穿上，給她繫在腰上。

柳好好見狀，把自己的小人也給宮翎戴上。「除非丟掉，不然不許拿下來。」

宮翎寵溺地點點頭，湊上去在她的臉上親了下。「嗯。」

接著，她的唇就被封住了。

柳好好伸出手環住他的脖子，瞬間，那搖曳的燭火就滅了，黑暗中傳來讓人面紅心跳的聲音。

外面，冬日寒冷，室內卻是溫暖宜人。

第八十三章

新婚總是讓人沈溺在其中，然而隨著時間的推移，京城內的氛圍卻是越來越緊張。

柳好好和宮翎商量了一下，乾脆讓趙掌櫃帶著母親先回柳家村，而她則是多留幾天，處理完手中的事情便準備離開，去西北前先回柳家村一趟。

李美麗他們走得很隱蔽，只是安排了一輛小馬車，比來的時候要低調得多。

柳好好目送著馬車走遠，心情低落。

「沒事的，姐姐，過幾天妳和姐夫也要回去了。」柳文遠見她滿臉愁容，安慰道：「再說姐夫派的人都是數一數二的好手，別擔心。」

「我知道，就是有些惆悵。」柳好好笑了笑，不由自主也有些想家了。「不知道大棚裡的花草現在怎麼樣了？」

雖然僱的都是好手，但是那些花草的脾氣有些大，不知道是不是委屈了？這麼一想，對於回去更激動了，她迫不及待想回去。

「文遠你呢，不回去嗎？」

「姐姐，我現在還走不了。」

柳文遠在宮內作伴讀，一時半會兒的根本離不開。可聽宮翎的意思，現在時局混亂，讓弟弟留在京城，她非常擔心。

「姐，我真的沒事的。」柳文遠笑了笑。「他們還不在意我這個寒門學子，當不得什麼重要身分，自然也就沒事。」

「你別讓我擔心。」

「我知道。」

柳好好總覺得很不安，不過好在她回去之後，宮翎也回來了。

見到她的第一眼，他便問道：「好好，沒事吧？」

「沒事，但是我覺得京城真的不能再待了。」

「妳是說，因為賢王？」

賢王，當今皇上的第二子，在外人的眼中是個閒雲野鶴，但是只有真正了解的人才知道，他是一個陰險狡詐、野心勃勃的人。

如今他盯上了柳好好，只為了拉攏宮翎，三番四次的暗示到如今都快要變成明示了。

宮翎想了想。「我讓人先送妳出京城。我去找睿王。」

現在只有蕭雲奚有辦法了。

得知這個情況後，蕭雲奚輕輕地笑了笑。「本王還真的沒想到你竟會來找我。」

宮翎只是認真道：「王爺也看出來了，如今三皇子和四皇子都沒了機會，剩下的就以賢王勢力最大。他真沒有想法嗎？還有其他三位皇子也逐漸要成年了，這個時候難道不想建立自己的勢力？我在這裡便是所有人拉攏的對象。我並不懼怕，但是我不想讓好好牽扯在裡面。」他淡淡道：「只是我從一開始，就和王爺綁在一起了。」

蕭雲奚突然笑了起來，那張精緻的臉上帶著幾分深意。「自然，本王的確有辦法。」他緩緩地道：「西域邊境的倉吳國要來朝拜，但是入京隊伍卻在潼關附近遇到埋伏，如今生死不明。這可是對我們大慶的嘲諷，這件事明天應該就會送到皇上的面前，到時候……」

宮翎瞬間明白怎麼回事，雙手抱拳。「多謝王爺成全。」

蕭雲奚勾唇。「本王可不是為了你，而是因為好好……」在宮翎即將炸毛的時候，他又慢悠悠地道：「這些年她也替本王賺了不少錢，怎麼說這份情意還在的。」

說著，他漸漸地收起臉上的表情，看了一眼宮翎，淡道：「走吧，京城不適合她。」

回府之後，宮翎立刻開始著人收拾東西。

店鋪已經全部盤出去了，剩下的該送人的送人，該變現的變現，也沒有什麼好收拾的，而且身邊的幾個親信早已跟著李美麗他們離開了。

一切準備好了，就等宮翎的決定。

然而這時，賢王突然派轎子來接柳好好，說是請她過府一敘，若不是她裝病以身體不適而拒絕了，說不定根本回不來。

好在如同蕭雲奚所說，倉吳國的事情果然震動朝堂，皇上立刻下令徹查。接著又發現潼關附近的尤木國蠢蠢欲動，而在蕭雲奚的一番運作之下，宮翎受命赴潼關徹查此事，同時把鐵木年給請回來。

如此，兩人只得改變計劃，直接前往潼關。

「你們路上小心。據我所知，賢王不會放過你們的。」蕭雲奚看著柳好好，見她穿著厚厚夾襖，身上披著帶帽大氅，目光微微一動，可所有的情緒都被壓住了，只留平靜。

「嗯，我和宮翎會小心的。」

蕭雲奚勾勾唇，看了一眼宮翎，輕笑一聲。「那便好。」

宮翎目光沈沈地盯著他，伸出手把柳好好扶上車，放下車簾才轉頭道：「此去一別，不知道什麼時候能見，若是有什麼需要，就給我來信。」

「自然。」蕭雲奚笑了笑。「不過本王可是閒散王爺一枚，說不定過段時間就去找你們了。」

「還是別來了。」

原本還有幾分感激，一聽到這句話之後，瞬間沒了。

宮翎上車，馬車就緩緩地往前走。

蕭雲奚站在那裡目送著他們離開，神色飄忽。

此時，展明從一邊走來，幽幽嘆口氣。「王爺……對柳姑娘的情意，只怕這輩子都說不出口了。」

說著，他也望著那輛馬車，猩紅的長衫被風吹得獵獵作響。

「走吧……」
許久，蕭雲奚終於轉身，才慢慢往回走。
展明搖搖頭跟上。
雲溪……只怕這世上日後再也沒有這個人了。
車內，柳好好收回視線，總覺得這位睿王爺看自己的神態有些古怪，便問道：「我怎麼覺得王爺好像有話要說？」
「是嗎？」
「那是我想多了吧。」柳好好笑了笑。「認識這麼多年，自從知道他是王爺之後，總覺得心裡惴惴的，大概差別太大了吧，更害怕自己說錯話了，可就不好了。」
宮翎只是伸出手摸摸她的腦袋，笑而不語。
這一路的確不好走，好在沒有下雪，路上還算安全。
此時，一輛灰撲撲的馬車出現在山路上，穿過崎嶇小路之後才開始往山下走。
就在這時，突然一道破空聲響傳來，一枝箭瞬間射到了車廂內。
「大人，小心！」
車夫立刻抓住韁繩，想讓馬車停下來，但突然出現的十幾個黑衣人卻讓馬匹受了驚，一下子就往前衝去。

「宮翎！」

「好好，抓著我。」

說著，宮翎抱著柳好好的腰跌出了馬車，落地的時候，四面八方的黑衣人就圍了上來，二話不說就直接砍了起來。

「怕嗎？」

「怕！」

柳好好實話實說，這種場面她只在電視裡見過，但是電視歸電視，現實是現實，這刀劍砍在身上是要命的！

「抓著我。」

宮翎看著她這樣，心中的怒火更熾，手中的動作更凌厲，一刀殺死一個黑衣人之後，轉身擋住了另外一個。

車夫也是個好手，以一敵三不成問題，但黑衣人卻是越來越多，兩個人根本顧不了，還加上她這個拖累。

柳好好睜大眼睛，死死地盯著這些人，渾身發抖。

「宮……宮翎……你放我下來……」

她也知道自己是累贅，抱著她，宮翎根本沒有辦法施展拳腳。「我會……躲起來的……別……別擔心……」

「不行！」

宮翎左手死死地抱著她，怎麼也不願意把人給放下來。

那些黑衣人見狀，頓時紛紛攻向柳好好，大刀泛著寒光就對著她砍過來，她嚇得脖子一縮，但是為了讓宮翎安心，雙手趕緊抱著他的腰，閉上眼睛。

宮翎眼一瞇，手中的動作更厲害了，毫不客氣地擋住對方的進攻，一劍就刺穿了對方的胸口。

拔出劍的瞬間，溫熱的血便噴濺到柳好好的臉上，讓她的臉色襯得更加慘白。

然而她還來不及說什麼，幾個人又衝過來，不管宮翎怎麼抵擋都會受傷。果然，不一會兒宮翎身上就出現了好幾道傷口。

都是為了避免讓自己受傷才這樣的……眼看著宮翎的身手變慢，柳好好猛地一掙，從他的懷裡跑出來。

「宮翎，你別管我！」說著，她彎腰撿起一把刀擋在身前，後背則靠在石頭上，保護自己。

宮翎急得臉色都變了，看幾個人衝上去要殺柳好好，一腳踹倒面前的人，然後飛身上去擋在她面前。

「妳這樣做很危險，怎麼就不相信我！」

「別廢話，還不趕緊的！」

柳好好渾身顫抖，聽他在責怪自己，頓時發火了，目光掃到一個黑衣人衝過來，竟想要拿著刀和對方決一死戰。

噗——

一劍刺入肉體的聲音，讓她的心戰慄了一下，看著倒在地上的黑衣人，她真正地感覺到了死亡。

「將軍！」這個時候，車夫大喊道：「將軍，我們往那邊撤！」

他身上已經被鮮血給染紅了，狼狽不堪，一雙眼睛卻還是精神奕奕的，手中的動作越來越利索，性子真是和宮翎如出一轍，難不成宮翎帶的人都是這樣的？

柳好好被宮翎拉著走，一邊打一邊退，但是那些黑衣人顯然是不達目的不甘休，攻擊得更加狠辣。

「人呢？」

「啊，什麼人？」柳好好愣住了，只聽到車夫大喊道：「將軍，很快就到了！」

宮翎只是點頭。

其他的黑衣人一聽，還有什麼不知道的呢，看來這也是早有準備，於是雙方廝殺得更加激烈。

柳好好心驚膽戰地看著幾個人圍攻宮翎，自己卻怎麼都幫不上忙。

突然間，一個黑衣人竟然從她這邊攻過來，而宮翎立刻抓著她避開，然後自己擋上去。

誰知道另外一個人抓住這破綻，立刻衝上來，偏偏宮翎卻在應付另外兩個人。

「小心！」柳好好根本來不及思考，直接擋在他面前。

一把劍就這麼狠狠地刺入了她的腹部。

「好好！」

好疼……這是她唯一的想法。

耳邊是宮翎的大叫，她看見男人驚慌失措的臉，只能虛弱地笑了笑。「我……沒事……不過，真的好疼……」

宮翎彷彿發瘋似的，渾身是鮮血，冷冷地看著那些人。「告訴你們的主子，今天若我不死，他日定要他血債血償！」

賢王，除了這人，沒有第二個！

他血紅的眼睛裡充滿了仇恨，甚至想要衝回京城將那個人碎屍萬段！

這時，車夫也趕了過來，一看到受了重傷的柳好好也嚇了一跳。「將軍，快快帶夫人離開，這裡有我！」

就在此時，一支精銳隊伍趕了過來，直接把這群黑衣人給圍住了。

「還等什麼，一個不留！」

宮翎大聲呵斥，然後顫著手把柳好好抱在懷裡，眼睛也紅了。「好好……」

「嗯……」

柳好好其實很想暈過去，但是她發現電視都是騙人的，這麼疼，怎麼可能暈過去呢？

「我帶妳去找大夫，妳不會有事……不會的……」

宮翎猩紅的眸子盯著她腹部的傷口，看著她身上還在暈染的紅色，雙手捂著。「別怕……」

柳好好見他這樣，輕笑一聲。「我不怕……你也別怕……你可是大將軍呢……見血多了，幹麼要怕……」

但是失血過多讓她的臉色變得越來越蒼白，她想要伸手摸一摸宮翎，可是……

「好好！」

這是她昏過去的時候，最後聽到的聲音。

這個男人啊，真好。

這麼多年，就沒有見他驚慌失措過，也沒有看他害怕過，哪怕才十幾歲的時候，在深山之中待了那些時日，也是過得好好的，今天怎麼就哭了呢？

「別哭……」

柳好好很想告訴他，其實自己的傷口只要輸點血，然後好好縫合傷口，別感染就好啦，真的很簡單的……

但是不知道為什麼，她就是說不出來。

好累，身上好酸啊……

柳好好吐口氣，想要睜開眼睛，卻是一點力氣都沒有。

她知道自己醒著，然後來到了一個十分陌生的朝代，作為一個農家姑娘，想要吃飽飯真的不容易，每天忙忙碌碌的，就是為了讓一家人能夠吃上熱飯熱菜的，可是為什麼總是做不到呢……

對了，自己有特殊能力，可以和花花草草說話的。

靠著這個，她走上了發家致富的道路，然後供養母親，讓弟弟上學參加科考……這一步步走來，過得挺好的，然後呢？

然後弟弟考上了，一家人光宗耀祖，母親也找到伴了，晚年過得可是非常好。

弟弟考中，成為年紀最輕的探花，被皇上看中成為皇子伴讀。

之後呢，再過兩年便可以說親了，娶了一位賢良淑德的姑娘，兩個人相親相愛地過一輩子。母親嫁的人也好，幾年後竟然還生了個小姑娘，冰雪聰明，特別可愛，把後爹給樂得整天笑得見牙不見眼的……

她覺得自己也沒有什麼好留念的，這輩子在這個陌生的世界裡如此順暢地走一輩子，其實挺不錯的。

嗯，沒有遺憾了，有親人，有朋友，有合作夥伴，有……

還有誰呢？

為什麼總覺得自己忘了什麼，好像有個人怎麼都想不起來，是誰？

「好好……」

低沈的嗓音像是帶著魔咒似的，真好聽。是誰呢？

可惜，聲音卻越來越小，她想要喊住對方，卻總是發不出聲音來。一著急，她就要追上去。

「咳咳……」

「好好！」

她慢慢睜開眼睛。

那個聲音是在告訴她，自己一定忘記了什麼，有一個非常非常重要的人在等她。所以她想靠近，然後慢慢地終於看清楚了……

「好好！妳醒了！」

一個多月之後，他們回到了柳家村，得到消息的李美麗早早就給他們準備好了，房子也收拾得乾乾淨淨。

「回來就好，回來就好……」

李美麗牽著女兒的手，眼中都是慈愛。

柳好好抱著她，幸福地笑了起來。「我回來了，娘，別擔心。」

宮翎站在那裡看著一家人久別重逢，心中激動，卻只是溫柔地看著她，才慢慢走到趙掌櫃的面前，低聲把路上發生的事情給說了清楚。
「這麼說，好好不記得你？」
「沒關係，我會一直在她身邊，大不了我們重新開始。」
趙掌櫃想說什麼，但是看著男人溫柔的目光，覺得這一切也沒有什麼好多說的。兩個人不管是不是記得之前的事情，只要現在過得好就可以了。
蒼茫山間，正是萬物甦醒的時刻，樹木抽芽，花草吐出新綠，遠遠看過去，煙霧繚繞，一切都籠罩在藍天之下。
男人摟著女人的肩膀，面上帶著溫柔的微笑，指著前面低聲道：「好好，看見了嗎？我們的以後將在這裡開始。」
柳好好眨眨眼，看著面前的一切，緩緩展開笑容。
她的夢，真的是太美了……

——全書完

婦唱夫隨 繾綣相依／昭華

2020年1月出版

醫世好妻

她曾經很傻很天真，中了別人的圈套而丟掉小命。
重生後，她要替自己解套，讓這世的命運逆轉勝！

文創風 815 1

憶起前世慘遭養姊毒手的悲劇，定國公府嫡女宋凝姝嚥不下這口氣，
重活一世，定要揪出養姊的狐狸尾巴為家族除害，奪回自己的人生！
這次連老天爺都幫她，助她得到滋養萬物的神仙甘露，繼而拜師學醫，
眼看事事皆按預想發展，孰料一場遇襲讓她跟蜀王傅潋之牽上了線，
他雖救過她，但帶來的驚嚇好像比驚喜更多，還得幫忙醫治猛獸狳猁！
她心臟再強也想抗議了，莫非這冷面王爺才是她此世最大的考驗？

文創風 816 2

有神仙甘露加持，宋凝姝的醫術越發高明，唯有一事讓她苦惱得很，
救下狳猁後，傅潋之待她完全不似傳聞的厭女模樣，屢次幫她解圍，
還三天兩頭上藥堂找人，連師父都瞧出他心思不正，根本意不在藥嘛！
她尚未想出如何應對，解決她與養姊兩世恩怨的時機便先來臨——
失寵已久的養姊終於出手，祖母中毒倒下，矛頭指向她製的補藥。
她不怕髒水，只求斬草除根。這回定要醫好祖母，替宋家清理門戶！

文創風 817 3

解決掉養姊，還把收養的狳猁和白獅照顧得頭好壯壯，宋凝姝很是歡喜，
但新的煩惱隨之而至，年將及笄，二皇子及新科狀元郎竟爭相求娶她，
自邊疆戰勝返京的傅潋之得知後臉都黑了，耍無賴都要把人拐回府裡。
好吧，既然這男人肯支持她行醫，那她也不介意學著當個稱職王妃！
但壞消息隨即傳來，在邊疆當斥侯的堂哥溜進敵城查探後失蹤，
重視家人的她決定跟夫君趕去救人，哪怕敵國如虎穴，也得闖了！

文創風 818 4 完

救回堂哥後，宋凝姝繼續一邊行醫、一邊當人妻的忙碌日常，
孰料邊疆爆發瘟疫，她立即帶著藥材趕至，卻發現案情不單純，
這分明是敵國首領授意下毒引起，想鬧得人死城亡，好藉機進攻大虞。
她與夫君解決此疫平安回朝，卻引來敵國首領的殺機，祭出陰狠蠱毒，
傅潋之為救她而中招，卻苦於無藥可解，她怎能看他被蠱毒折磨而亡？
就算翻遍天下醫書也要配出解藥，從死神手中把夫君搶回來！

2020年1月出版

瑤娘犯桃花

文創風 819

【重生之四】

棄婦瑤娘被人追殺而死，幸而她救的小狐狸(妖?)犧牲一條尾巴讓她重生！
自此瑤娘和小狐狸成了好友，還多了個狐狸精萬人迷的外掛，
讓專門收妖的道士靳玄對她難以抗拒，但又嘴硬不承認。
說起靳玄，八歲被師父騙入門下，十四歲接下掌門人之位，
如今長成二十二歲少年郎，沒有道士該有的仙風道骨，
反倒英武昂藏，還很care自己的打扮，重點是把捉妖當經商，
沒辦法，小門派窮得揭不開鍋，要想發揚光大，只能當「奸商」！

花樣百出 本本驚喜／莫顏

靳玄一身正氣凜然，渾身是膽，人們說他天地不怕，只有他自己知道，他怕瑤娘。
他俊凜魁偉，氣宇軒昂，眾人皆讚他不近女色，只有他自己清楚，他心癢瑤娘。
連三歲小孩都知道，靳玄最討厭狐狸精，女人勾引他，無異於自取其辱，
只有靳玄心裡明白，他的貞操即將不保、色膽已然甦醒，因為他想要瑤娘。
偏偏瑤娘不勾引他，因為她討厭他，只因他一時嘴快，罵她是個狐狸精……
瑤娘清麗秀美，賢淑婉約，從不負人，只有別人負她，但她從不計較，
她對人總是溫柔以待——只有一個人例外。
「瑤娘。」
「滾。」
靳玄黑著臉，目光危險。「妳敢叫我滾？」
「你不滾，我滾。」
「……」好吧，他滾。

2020年2月出版

富貴不求人

文創風 822～824

都說有錢人家的飯碗不好捧，幸好她也不稀罕，
錢財雖然迷人眼，但榮華富貴她卻是不求人給的，
銀子嘛她有能力賺，當然也能自個兒當個有錢人嘍！
再說了，她跟他家門不當戶不對的，他家裡能接受她當媳婦嗎？
所以兩人還是繼續合夥做生意就好，那些情啊愛的就先擱著吧……

貧賤親戚離　富貴他人合／塵霜

月幼金合理懷疑老天爺在弄她啊！
死都死了，竟還穿越，穿越便罷，偏偏讓她出生在一個「極品」家庭，
由於娘親蘇氏一連生了七個女兒都無子，在月家的地位可想而知，
他們二房受盡奚落，包攬大部分家務，還老是吃不飽、穿不暖，
倘若親爹是個會疼人的倒也能勉強度日，可他卻只會動手家暴她們母女！
於是她想辦法讓父母和離，順利帶著娘親和手足們遠離月家，改隨母姓，
因著外祖家曾是宮中御廚，娘親小時候跟著學了不少，燒得一手好菜，
所以她決定靠著這門祖傳手藝賺錢，畢竟民以食為天嘛，
果然，小試牛刀的酸梅湯不僅讓她賺飽飽，還引得肖家繼任家主來買方子，
五百兩哪，她當然毫不猶豫地賣給那富商肖臨瑜，並進一步開起糕餅鋪啊！
由於生意大好，她緊接著又分別開了專賣蜂蜜及特色花茶的店鋪，
甚至，她還搞起飢餓行銷，開了間酒樓，每日販賣限量菜餚吊人胃口，
正當她賺錢賺得眉開眼笑之際，那肖臨瑜突然頻繁地跟她書信往返，
她忙著拚事業，根本沒空回信，這位大哥居然親自上門堵她，並在她家住下了！
他、他究竟想幹麼啊？難不成這回是看上她這碟清粥小菜了？不會吧？!

2020年2月出版

廚娘很有事

文創風 820～821

她不過是舉手之勞做點好事，
人家卻把哥哥親手送上作為謝禮，
這……到底是該收不該收啊？

美味相伴　溫馨時光／不吐泡的魚

林滿不過是想過年睡個懶覺，怎知一覺醒來竟到了古代，
明明還沒談過戀愛，如今卻成了連剋兩任丈夫的寡婦，
不但窮得連自己都養不活，更別提還要扶養亡夫留下的女兒了，
本以為好不容易得到穿越必備的空間法寶，正想要大展身手，
卻遇上被調戲的鄰居少婦，路見不平之下帶人家逃進空間躲藏！
眼看法寶穿幫，她只好利誘兼威脅，為自己掙得一個打拚好伙伴，
兩個弱女子齊心協力，空間裡播種、收成自己來，種出神級美味蔬菜，
再加上林滿一手好廚藝，火鍋、燒烤……全都是她的私房絕活，
有了這些新奇菜色，再搭配香噴噴的獨門辣醬，絕對能收服眾鄉親的胃！
只是……沒想到伙伴的哥哥竟也被她收服，還反過來撩得她不要不要的，
原來空間不但照顧她的生計，連桃花也一起種下了，這可不在計畫內啊！

2020年1月出版

棄婦好威

文創風 813～814

他怎麼看怎麼覺得此女有古怪！
傳聞她和三姪兒相愛甚深，可嘆對方行為不端令她傷心欲絕；
然而婚約一解，他怎麼看她倒挺開心的？

冷面皇爺腹黑千金　世事如棋但求真心／飲歲

對於野心勃勃的未婚夫婿，葉未晴是避之唯恐不及！
前世被他當作棋子，成親後淪為棄婦還禍及全家的下場，她仍記憶猶新。
有幸重生，首要之務便是佈局讓眾人撞破他和羅家姑娘私下幽會的醜態，
揭開他人前深情、人後薄倖的真面目，以求順利取消婚約。
孰料婚約是解了，可渣男竟仍對她糾纏不休，導致羅家姑娘更恨她入骨！
刺殺、暗算樣樣來，若非奕王出手解救，只怕小命難保……
奕王周焉墨身分尊貴，皇子也得敬他三分，她不禁興起結盟之意，
若能得他撐腰，她要徹底整治那囂張的無緣夫婿可不就如同小菜一碟？
只是此人冷淡寡言難相處得很，要他允諾相助談何容易？
她努力遞出橄欖枝，偏他仍不鬆口？!
嘖！明明跟她父兄有交情，也派遣暗衛保護她，卻還不承認和她站同邊？
真是天下第一傲嬌公子啊！

國家圖書館出版品預行編目資料

靈通小農女 / 藍一舟著. --
初版. -- 臺北市 : 狗屋, 2020.03
冊 ; 公分. --（文創風）
ISBN 978-986-509-086-9（第3冊：平裝）. --

863.57　　109000515

著作者	藍一舟
編輯	張蕙芸
校對	周貝桂
發行所	狗屋出版社有限公司
地址	台北市104中山區龍江路71巷15號1樓
電話	02-2776-5889～0
發行字號	局版台業字845號
法律顧問	蕭雄淋律師
總經銷	知遠文化事業有限公司
電話	02-2664-8800
初版	2020年03月
國際書碼	ISBN-13　978-986-509-086-9

本著作物由廣州阿里巴巴文學信息技術有限公司授權出版

定價250元

狗屋劃撥帳號：19001626

網址：love.doghouse.com.tw　E-mail：love@doghouse.com.tw